KB063053

지금 여기에서 행복하라

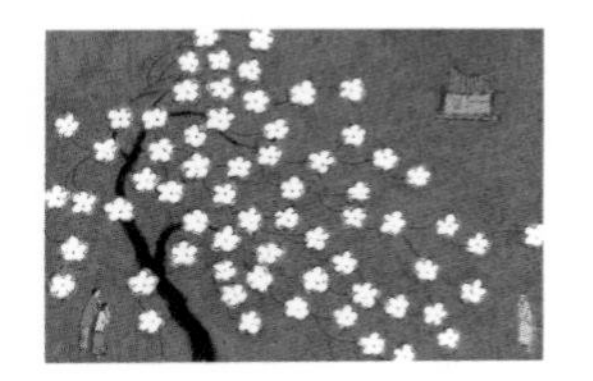

지금 여기에서 행복하라

| 성전 |

개미

| 저자의 말 |

지금 여기에서 행복하라

산에 들어 만난 것들이 있습니다. 처음엔 나무는 나무였고 별은 별이었고 물소리는 그냥 물소리로 지나쳐 갔을 뿐이었습니다.

우리는 서로 무수히 만났지만 세월이 흐르도록 단 한 번도 서로 말을 건네지 않았습니다. 만났으나 만나지 않은 것과도 같았습니다. 그런 만남 아닌 스쳐 지나감이 언제부터인가 만남으로 다가왔습니다. 스쳐 지나가다 나는 나무의 소리를 들었고 별들의 이야기도 듣게 되었습니다.

나는 비로소 그들과 통성명을 하게 된 것입니다. 그들은 나보다 더 오래 이 산에서 살고 있습니다. 산의 선배들에게 나는 산에 사는 법을 하나씩 듣고 익히게 되었습니다. 욕심을 버리기 그리고 소유하지 않기 마음을 늘 고요히 가지기 아름답게 느끼기 작은 것에 만족하기.

나는 산에 사는 법을 이제 하나씩 익혀 가고 있습니다. 이 모든 것은 나무와 별과 계곡의 물소리가 내게 일러 준 것입니다. 그들은 내게 도반이자 부처님입니다. 나는 날마다 법음을 듣는 것입니다.

나는 이제 변해가는 나의 모습을 만났습니다. 혼자 있어도 외롭지 않고 무엇이 없어도 그 부족을 탓하지 않습니다. 외로우면 외로운 대로 부족하면 부족한 대로 살아갈 수 있게 된 것입니다.

굽은 나무가 곧은 나무를 부러워하지 않듯이 별이 더 빛나는 별을 시샘하지 않듯이 나는 그렇게 평화롭게 사는 법을 익혀가고 있는 중입니다. 때로 못났으므로 행복한 것이 인생일 수도 있다는 따뜻한 삶의 진리를 배우게 되었습니다.

실패했다고 절망하지 마십시오. 낙오했다고 슬퍼하지 마십시오. 굽은 나무가 절망하지 않듯이 흐린 별이 슬퍼하지 않듯이 그렇게 살라고 나무와 별은 우리들에게 말을 전하고 있지 않습니까. 견디다 보면 그 모든 차별이 사라지고 우리를 괴롭히던 그 모든 차별이 별것 아니라는 것을 깨닫게 된다고 숲과 하늘은 내게 일깨워줍니다.

나무가 나무였을 때는 차이가 있으나 숲을 이룰 때는 그 차이가 사라집니다. 별이 낱낱의 별일 때는 그 밝음의 차이가 있으나 하늘을 이룰 때에는 그 차이가 동등한 부분으로 자리할 뿐입니다. 숲과 하늘에게 차이는 조화를 이루기 위한 하나의 다름에 지나지 않을 뿐입니다. 그 다름은 우열의 다름이 아니라 존재의 다름일 뿐입니다.

숲이나 하늘은 비교를 허용하지 않습니다. 마치 바다가 한 맛의 평등함을 이루듯이 숲이나 하늘 역시 조화로 평화로울 뿐입니다. 나무는 숲의 마음으로 살고 별은 하늘의 가슴으로 살아갑니다. 그러므로 그들은 언제나 평화롭습니다.

비교하지 마십시오. 우리들의 삶이 괴로운 것은 비교하기 때문입니다. 비교하지 않으면 실패도 성공도 앞섬도 뒤짐도 모두 사라집니다.

우리는 스스로 우리를 옭아맨 많은 것들로부터 자유로울 수가 있습니다. 그러나 비교하는 자는 언제나 갈증의 고통으로부터 벗어날 수가 없습니다.

비교는 언제나 경쟁을 유발하고 그것은 우리들을 언제나 '더 더' 하고 몰아치기 때문입니다. 과연 누가 그 비교의 비정을 견딜 수가 있겠습니까.

세상의 모든 것은 고유의 존재 가치가 있습니다. 그리고 그것은 비교할 수 있는 것이 아닙니다. 마치 나무가 숲에 깃들어 있듯 별이 하늘에 자리하고 있듯이 우리 역시 놀라운 생명의 가치 속에 깃들어 있는 하나의 존재라는 사실을 기억해야만 합니다.

숲이 나무의 차이를 조화라 보듯이 하늘이 별의 차이를 그냥 어여쁨으로 보듯이 우리 모든 현상의 차이를 하나의 과정으로 바라볼 일입니다. 생명의 절대 가치를 향해 가는 길의 다른 행장으로 이해할 수 있다면 우린 언제나 즐겁게 길을 갈 수 있을 겁니다.

숲과 하늘은 내게 말합니다. '비우고 만족하라. 우리는 그냥 조건에 의지하여 조건과 함께 존재하고 있을 뿐이다. 그래서 그것은 강과 같이 흘러가는 무상한 것이다. 절망과 슬픔은 이 무상한 존재의 모습을 모르는 무지의 소식일 뿐'이라고.

오늘 나는 나를 비웁니다. 그 자리에 나무와 별이 찾아와 말합니다. 그 소리들은 따뜻하고 온화합니다. 나를 비운 그 여백의 자리에는 많은 것들이 찾아와 평화롭게 공존합니다. 아무도 서로를 밀치지 않습니다. 모두 그 자리에서 만족한 것입니다.

나를 비우면 만족한 삶이 찾아옵니다. 그 기쁜 삶의 소식을 우리 살아 만나야 하지 않겠습니까.

숲과 하늘은 오늘도 내게 그 아름다운 가르침을 일러줍니다. 나는 착한 학생이 되어 숲과 하늘을 향해 오체를 투지합니다.

'지금 여기에서 행복하라.' 이것은 살아가는 우리 모두가 잊지 말아야 할 말입니다. 지금 여기가 아니면 과연 우리는 어디에서 행복할 수가 있겠습니까. 우리는 언제나 흘러가는 존재입니다. 머물러 있지 마십시오. 비교는 머물러 있는 사람들의 몫입니다. 그러므로 괴로움 역시 머물러 있는 사람들의 몫일 수밖에 없습니다.

이 책은 모든 생명들의 행복을 위해 올리는 나의 발원문입니다. 거칠고 힘든 세상을 아름답게 살아가는 모습들이 이 책 속에는 있습니다. 따뜻한 마음의 온도를 나누는 날을 위하여 오늘도 나는 기도합니다.

소엽산방에서

운담 성전

| 차례 |

지금 여기에서 행복하라

첫번째

새해 소망을 발원합니다

새해의 태양을 바라 봅니다. 수평선 멀리 떠오르는 태양의 장중한 발걸음. 일출을 보며 합장하는 시간 동안 태양은 내 가슴 안에도 떠오릅니다.

내 가슴에 켜켜이 쌓인 어둠을 지워내며 떠오르는 태양 앞에서 두 손을 모아 발원합니다.

언제나 진리의 길을 걷겠다고, 언제나 사랑하겠다고 이 목숨이 다하는 날까지 나누며 살겠다고, 나의 발원들이 태양의 빛을 좇아 갑니다. 그것들은 다시 빛이 되어 내게로 날아와 길이 됩니다.

해가 가고 나이를 먹는다는 것은 진실과 진리에 더욱더 가까이 다가서는 것이라고 그 빛은 말합니다.

그리고 더 많이 사랑하고 더 많이 나누어야 한다는 것이 시간의 의미라고 세월은 나를 일깨웁니다.

저 해가 장엄한 것은 그 빛이 어디에나 평등하게 비추기 때문입니다. 사랑이 지극하고, 나눔이 지대하고 일체의 분별을 떠나 있기에 태양은 어디에나 평등하게 빛으로 내립니다.

일출을 앞에 두고 두 손을 모읍니다. 진리와 함께 하겠다고, 사랑과 나눔의 길을 걷겠다고, 가슴 깊이 다짐합니다.

그 발원들이 내 시간의 길이 되기를 기도합니다.

마음의 양지를 만들어 갑니다

마음에 햇살을 모아 담습니다.

춥고 우울했던 마음의 그늘들이 햇살의 손 끝에서 하나하나 지워져 갑니다. 마음의 그늘이 지워지고 그 자리에 맑음이 동백꽃처럼 자리합니다.

외로워도 슬퍼도 우리 마음의 양지를 만들어 가야 합니다. 그것이 살아가면서 우리들이 해야 할 일이기 때문입니다.

마음의 양지를 만들어 그 누군가에게 따뜻한 삶의 온기를 전해야만 합니다.

올해는 그렇게 살려고 합니다.

마음의 양지를 만들어 모두에게 따뜻한 삶의 기운을 전하며 살고자 합니다. 가만히 생각해 보면 삶이란 그런 것이라는 생각이 듭니다. 그렇게 따뜻한 온기를 나누지 않으면 삶은 너무도 춥고 음습한 것이 되고야 맙니다. 그리고 나누지 않으면 삶의 기쁨을 그 어디에서도 만날 수 없기 때문입니다.

올핸 그렇게 마음의 온도를 높이고 마음의 조도까지도 밝게 하겠습니다. 그리하여 이 어려운 시간에 작은 난로와 빛이 되기를 발원합니다.

사랑할 일입니다

별을 보러 가는 이에게는 별이 기쁨입니다. 사랑하는 님을 보러 가는 이에게는 사랑하는 님이 행복입니다.

일터로 출근하는 이에게는 일자리가 있다는 것은 희망입니다. 배가 고픈 이에게 밥은 용기입니다. 울고 있는 아이에게 어머니는 안식입니다.

거칠고 힘든 세상이지만 우리 바람결처럼 가끔씩 그렇게 희망과 용기와 사랑과 위안을 만납니다.

깊은 어둠 속에 가늘게 새어 들어오는 빛처럼 우리 그렇게 그것들과 악수를 합니다.

빛은 작아도 어둠을 능히 이기고 어머니는 약해도 이 세상 무엇보다 든든한 성이 되고 별은 작아도 그 자리를 능히 밝히고 있습니다.

사랑할 일입니다. 기뻐할 일입니다. 행복해하며 희망을 향해 나아갈 일입니다. 그것이 인생입니다.

지금 웃지 않으면 더 많은 날을 울어야 하기에 지금 좌절하면 더 많은 날을 고통에 신음해야 하기에 지금 웃으며 희망을 지켜 나갈 일입니다.

인생은 언제나 밝음을 향해 나아가는 길을 준비하고 있습니다. 올해를 그렇게 밝음을 향해서만 나아갔으면 좋겠습니다.

전체가 되어 살고 싶습니다

바다를 거닐며 새해는 이렇게 살자고 다짐했습니다. 새해에는 나를 의식하지 않는 삶을 살아보는 겁니다.

비가 오면 비를 맞고, 바람이 불면 바람을 맞고, 때가 되면 꽃이 피고, 때가 되면 다시 지고 마는 꽃처럼 그렇게 살아보는 겁니다. 나는 너무 '나'라는 의식에 사로잡혀 살았습니다. '나'라는 의식은 부분에 집착해 전체와 언제나 대립하게 했습니다.

나는 전체 앞에서 작고 작았지만 그 전체에 대항하며 스스로 고통을 자초하는 그런 존재였습니다.

대립과 갈등과 분쟁. 그것은 전체에 융화되지 못한 작은 존재의 무명의 몸짓이었습니다.

한 방울 물이 바다에 떨어지면 그 물 한 방울은 바다 어디에나 있는 것이 됩니다. 이것이 융화이고, 통일이고, 자유이고, 또한 귀의입니다.

이제 생명의 바다 전체에 나는 귀의하고자 합니다. 그것은 '나'라는 생각을 버릴 때 가능합니다.

올해는 '나'라는 의식을 버리고 살아가겠습니다. 오직 귀의라는 아름다운 회향만을 꿈꾸며…….

다섯번째

넓어지면 걸리는 것도 없습니다

세월이 가고 옵니다. 간다는 것은 나이를 먹어 간다는 것이고, 온다는 것은 추억과 너그러움과 따뜻함이 찾아 온다는 의미라고 생각합니다.

난 언제나 기도합니다. 어제의 나보다 오늘의 내가 더 넓고 따뜻하기를.

그러면 세상을 보다 잘 이해할 수 있고, 세상 사람들과 보다 더 따뜻하게 만날 수 있기 때문입니다.

출가를 하고 산 속에 살면서 난 정말 많이 넓어지고 따뜻해졌습니다. 모두 부처님의 말씀과 자연의 품 안에서 받은 은덕이기도 합니다.

세상 그럴 수도 있다고 생각하게 되었고, 오죽하면 그러겠어, 하고 이해도 하게 되었습니다.

그리고 죄의 실체가 없으니 무엇을 미워하겠는가. 하는 진리의 말씀도 가슴에 안고 살아가고 있습니다.

넓어지니 걸리는 것이 이젠 좀 적어졌습니다. 누가 뭐라고 해도 그리 노여워하지 않게 된 것입니다.

내가 바라는 하나는 바위처럼 묵언하고, 구름처럼 자유롭게 떠다니며 햇살처럼 미소지어 보이는 것입니다.

누구와 다투고 하는 일은 이젠 좀 끝내고 무엇을 탓하는 일도 이제는 다 접을 수 있기를 발원합니다.

그냥 누군가 기뻐하면 함께 기뻐하고, 누군가 슬퍼하면 함께 슬퍼하는 마음으로 살아가기를 바랄 뿐입니다.

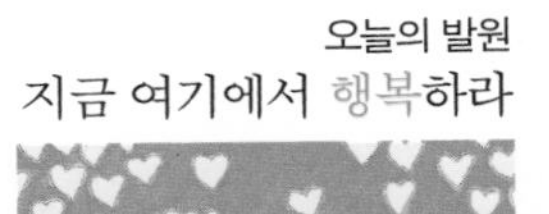

부자가
부럽지 않습니다

가난하게 살기로 마음먹으면 부자가 부럽지 않습니다. 행복하게 살기로 다짐을 하면 불행이 와도 무섭지가 않습니다.

의미를 찾아 살기로 했다면 세상의 허영이 부질없어 보입니다.

옛 선인들은 그렇게 살았다고 합니다.

일단사 일표음에도 행복하게 미소짓는 대장부의 자유를 지니고 있었다고 합니다.

삶의 남루가 오히려 편안함이었고 혼자 산중에 사는 날들이 지극한 행복이기도 했습니다.

진정으로 행복한 사람은 세상에서 많은 것을 구하지 않습니다.

세상에서 얻은 모든 것들은 마음만 어지럽힌다는 것을 알고 있기 때문입니다. 오직 안에서 얻은 것만이 행복이라는 것을 그들은 누구보다 잘 알고 있었던 것입니다.

재물에도, 명예에도, 가난에도 걸리지 않는 그들은 진정한 자유인이었습니다.

오늘 우리는 그런 마음으로 살아야 합니다.

어려운 시간을 사는 길은 그 어디에도 걸림없는 자유로운 마음에 있습니다.

그 마음이 이 어려운 시간을 사는 지혜라고 생각합니다. 그리고 그 마음이 우리 모두에게 오기를 기도합니다.

지금 여기에서
행복하십시오

생명을 굳이 표현하자면 흐르는 강물과 같습니다. 조건과 관계가 조화를 이루었을 때 강물이 흘러가듯 생명 또한 활동의 시간을 지닐 수 있습니다.

조건과 관계가 깨어지면 강물이 흐를 수 없듯이 생명 또한 그 진행을 멈추어야 합니다. 그래서 삶은 언제나 현재일 수밖에 없고 우리는 지금 여기서 정진하고 지금 여기서 행복해야만 합니다.

조건과 관계는 과거나 미래가 아니고 언제나 현재 진행형이기 때문입니다.

지금 여기에서 깨어있지 못하면 우린 그 어디에서도 행복을 얻을 수가 없습니다. 지금 여기서 행복한 사람만이 저 먼 곳에서도 행복할 수가 있습니다.

꽃이 피어있는 것도, 별이 돋아나는 것도 그리고 내가 호흡하고 있는 것도 모두 지금의 문제입니다.

지금 손 내밀고, 지금 사랑의 말을 건네고, 지금 최선을 다하십시오. 지금 하지 않으면 언제 다시 할 기약이 없기 때문입니다.

지금 부처님을 사랑하듯 이웃을 사랑하고, 지금 부처님을 섬기듯 내 곁의 사람을 섬기십시오.

그러면 당신은 지금 여기에서 행복한 사람이 되어 미소짓게 될 것입니다.

오늘의 발원

지금 여기에서 행복하라

여덟번째

새들이 떠난
숲은 고요합니다

새들이 떠난 숲은 고요합니다.

새소리가 이른 아침을 열던 날들은 이제 지나갔습니다.

숲길은 그저 바람소리와 발자국 소리뿐 함께 동행하던 새소리는 사라져 버렸습니다.

모든 것은 다 그렇습니다. 함께 했다가 그저 떠나갈 뿐입니다.

떠나고 나면 그 빈 자리에서 남아 있는 사람만이 그리움으로

떠난 모든 것들을 불러볼 뿐입니다.

떠나는 사람은 남아 있는 자리의 의미를 몰라도 남아 있는 사람은 떠난 사람의 빈 자리의 의미를 알게 됩니다. 하지만 인생이 어찌 그리움 없이 인생일 수 있겠습니까.

그리워하고 슬퍼함으로 인생은 더욱더 빛이 나고 또 그것을 이겨나가기에 인생은 더욱더 아름다운 것일 수 있습니다.

새들이 떠난 숲은 적막합니다. 적막한 숲길을 걸으며 나는 인생을 배웁니다.

적막한 숲길은 인생을 배우는 가장 좋은 학교가 됩니다. 그 숲길에 서서 나는 소리 없는 소리 속으로 사라지는 나를 봅니다.

아홉번째

지금을 미루지 마십시오

지금 이 자리에서 우리는 한생애 전부를 걱정하는 버릇이 있습니다. 지금 건강한데 병들면 어쩌지, 지금 젊은데 나이가 들어 늙으면 어쩌지, 지금 살아 있는데 죽게되면 어쩌지. 우리는 그런 걱정을 놓지 않고 살아가고 있습니다.

이런 걱정을 우리 듣기 좋게 노후설계라고 말하곤 합니다. 물

론 한 생 전체를 설계하는 일은 필요합니다.

그러나 있지도 않은 것들이 두려워 지금 하고 싶은 것을 못하거나 미룬다면 그는 어리석은 사람입니다.

인생의 길이란 미리 열려있는 것이 아니라 가야 비로소 열린다는 것을 우리는 알아야 합니다.

지금 내가 하고 싶은 것을 행하게 되면 나도 변화하고 길 역시 새롭게 열리게 되어 있습니다.

그 길은 두려움 없는 길이고 그 길은 다른 길이고 그 길은 용기와 따뜻함으로 넘치는 길이 됩니다.

지금 하고 싶은 것을 지금 하십시오.

노후 때문에 지금 하고 싶은 것을 미룬다면 우린 영원히 후회할 지도 모릅니다.

길은 어디에나 있고 언제나 만날 수 있습니다. 정형화된 삶을 버리고 삶에 모험을 감행할 때 우린 두려움 없는 새로운 길을 걷게 될 겁니다.

석양이 아름다운 것은
노을이 있기 때문입니다

바다에 해가 집니다. 해는 바다에 멋진 그림 하나를 선물하고 사라져 갑니다. 그 떠나는 발걸음이 장중하고 고요하고 또한 아름답습니다. 떠나는 발걸음이 해걸음보다 멋진 것은 아마 없을 겁니다.

해가 지는 시간이면 바다도 바람도 모두 숨을 죽이는 것은 해걸음이 남기는 그 장중한 행보를 보기 위해서 일 겁니다.

떠나는 걸음이 아름답다는 것은 완성의 모습이고 모든 아픔이 사라진 모습이기도 합니다. 이별이 슬픔이 아니라 아름다움이 되기 위해서는 우린 얼마나 오래 익어야 하는 것일까요.

지상의 모든 이별은 아름다움이 아니라 그냥 슬픔으로 남겨지는데 일몰의 걸음은 그저 고요함으로 아름다울 뿐입니다.

바닷가에서 떠나는 해를 보며 이별과 사랑에 대해서 나는 읊조립니다.

해처럼 떠나고 바다처럼 이별을 안을 수 있다면 세상의 모든 이별이 아름다울 수 있으리라는 진실 하나를 깨닫습니다.

자연이 인간보다 위대한 것은 만남과 헤어짐, 그 모든 것이 자연스럽기 때문인지도 모릅니다. 자연의 저 걸림없는 자연스러움을 배우고 싶습니다.

열한번째

삶은 언제나
의미를 찾아가는 일입니다

산사에 등불이 어둠을 밝힙니다. 어두운 산길을 따라 사람들이 등불의 빛을 밟고 올라옵니다.

어둠이 짙은 산사에 모여 두 손을 모으고 올리는 기도소리.

그 기도소리가 어둠을 지나 밝음에 이르는 길을 냅니다.

온통 어둠뿐인 산길을 걸어 올라온 사람들. 빛이 그리워 두 손을 모으는 사람들의 마음 안으로 부처님 자비의 미소를 지어 보이십니다.

사는 것이 고해라고, 그래서 인생은 의미가 있는 것이라고, 부처님은 작은 목소리로 들려주십니다.

누구도 인생에서 좌절하거나 주저앉을 수는 없습니다. 그것은 인생을 방기하는 것이라고 부처님은 일깨워 주십니다.

삶은 언제나 의미를 찾아가는 일입니다. 의미를 찾는 일은 모든 순간들을 이겨나갈 때에만 가능합니다.

스스로 포기하고 주저앉는 사람들에게 인생의 의미는 절대 주어지지 않습니다.

이 의미를 만나는 일이 자유이고 또한 열반입니다.

의미를 만날 때 우리 고뇌와 고통으로부터 비로소 자유로워질 수 있습니다.

삶을 견디는 것. 그리고 즐겁게 이겨나가는 것. 그 마음의 진행에 의미는 눈송이처럼 내립니다.

물 한 모금 공기 한 줌에
감사해야 합니다

비가 오던 날 도량에는 해당화 몽우리가 돋아났습니다. 며칠간의 찬 대기를 견디다 비가 오자 고개를 내민 것입니다.

비를 기다린 것은 우리 사람들만은 아니었습니다. 숲의 풀들과 나무들도 비를 기다린 것입니다.

갈수록 강우량은 적어지고 물은 부족해만 갑니다. 부족해 가는 물을 보면서 우리는 실로 얼마나 약한 존재인가를 깨닫습니다.

비가 오지 않으면 물 부족을 해결하지 못하는 것이 우리들의 한계입니다. 과학이 발달했다지만 우리들의 과학 역시 자연의 한계를 극복하지 못하고 있습니다.

과학이 건넨 문명의 이기에 편승해서는 이 부족한 물 문제를 해결하지 못할 겁니다.

우리는 자연과 함께 살아갈 수밖에 없는 사람들입니다. 자연에 기대어 내가 살아가고 있다는 생각을 한다면 우린 물 한 모금 공기 한 줌에도 감사를 느끼게 될 겁니다.

자연과 함께 살아가는 첫 번째는 절약입니다.

무엇이든 적게 먹고 적게 쓰는 것. 이것이 가장 자연적인 삶이기도 합니다.

이런 자연적인 삶을 사는 사람들이 많았으면 좋겠습니다.

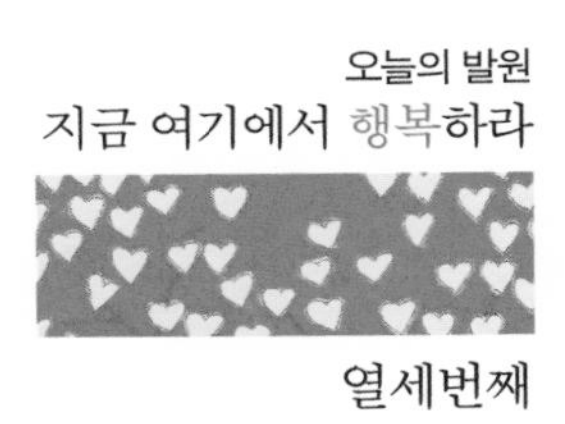

봄이 오면 희망을 찾아 헤맵니다

"봄이 오면 산에 들에 진달래 피네, 진달래 피는 곳엔 내 마음도 피고, 건너 마을 젊은 처자 꽃따러 오거든, 꽃만 말고 이 마음도 함께 따가주."

봄이 오면…… 산길을 걸으며 흥얼거려 보는 노래입니다.

'봄이 오면' 이 말 속에는 봄을 기다리는 마음이 담겨있습니다. 또 노래 가사 속에는 온통 희망이 있을 뿐입니다.

그래서 이 노래를 눈을 감고 듣고 있으면 누군가 와서 꽃을 따듯 내 마음도 따가리라는 아주 유쾌한 상상을 하기도 합니다.

삶은 언제나 희망을 만나는 일입니다.

지금의 시간이 계속 절망일지라도 희망을 말하는 것이 우리들 살아 있는 사람들의 모습이어야 합니다.

희망을 간직하고 있지 않다면 우리 어디에서 과연 봄을 만날 수가 있을 까요.

봄이 오면 내 고향 뒷동산에서 함께 뛰어놀던 친구들도 그리워집니다.

봄은 꽃을 피우고 우리들 가슴에 얼음장 같은 절망을 녹이는 시간입니다.

봄이 오면 난 온통 내게 남아 있는 희망을 찾아 내 마음의 동산을 헤매일 겁니다.

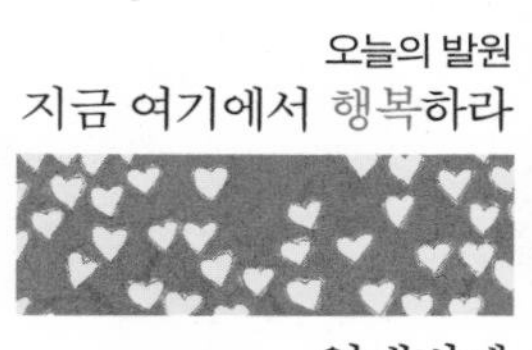

마음의 좁은 문을
활짝 열어 보십시오

가끔씩 난 생각합니다. 산중에 작은 집 하나 짓고 텃밭을 일구다 허리 한 번 펴고 하늘보고 웃는 삶을. 그러나 이것이 결코 쉽지 않다는 것을 요즘 더 부쩍 깨달아 갑니다.

그런 작은 삶의 공간을 마련하는 것보다는 그런 적적한 삶의 자리에서 내가 살아갈 수 있을지 자신할 수 없다는 것을 알기 때문입니다.

선조들의 그 한적한 삶은 삶의 자리가 한적해서가 아니라 그 마음이 이미 욕심을 떠나 적정한 자리에 이르렀기에 가능할 수 있었습니다.

마음이 일체 번뇌를 떠나 그 마음이 언제나 평화로울 때 한적한 삶의 즐거움을 만날 수가 있습니다.

그러나 마음이 번뇌에 끄달리면 세상 어디에서도 한적한 평화를 만날 수는 없습니다.

마음의 문제입니다.

내가 그리는 삶의 자리는 마음이 한적해지지 않으면 이를 수 없는 자리입니다. 마음에 모든 번뇌가 사라지고 고요해졌을 때 나는 저 산 저 구름의 주인이 되어 살아갈 수 있습니다.

욕심을 떠난 적정한 마음을 지니고 살아야 한다고 내 삶의 풍경들은 내게 말합니다. 내가 그려온 삶의 풍경으로 들어가는 문이 얼마나 좁은 문인가를 오늘 새삼 깨닫습니다.

마음의 모든 번뇌를 버리고 무욕한 좁은 문으로 들어갈 수 있기를 기도합니다.

봄 햇살은 단순함으로 꽃을 피웁니다

봄이 왔습니다. 겨울 옷을 벗고 봄 옷을 입습니다.

몸이 문득 가벼워집니다. 무겁다는 것은 자유로운 존재의 본성을 배반하는 일입니다.

너무 주변을 자주 둘러보는 것도 우리의 자유를 억압합니다.

그냥 내 인생의 목적을 잃지 않고 한길을 걷는 겁니다. 누가 뭐라든 자신의 가치관이 옳다면 그 길을 걷는 것이 맞는 일입니다.

우리는 가끔 살다보면 주된 것을 잃고 부수적인 것에 발목잡히는 경우가 있습니다. 이것은 자기 확신이 없기 때문입니다.

안개와 같은 관계 속을 헤매기 보다는 자기가 걷고 있던 길 혹은 가고자 하는 길을 꾸준히 가는 것이 지혜있는 사람의 행보입니다.

마음속의 감정은 경계에 따라 우리에게 다양한 의사를 전달합니다. 그러나 감정의 의견은 언제나 일시적이고 올바름을 배제하고 있습니다.

삶을 단순화하는 일이 필요합니다. 삶을 단순화하면 안개와 같은 관계 속을 헤매는 일은 없습니다. 다만 걸어가야 할 길을 걷게 됩니다.

봄 햇살은 단순함으로 꽃을 피우고 그리고 그 꽃은 또한 아름답습니다.

열여섯번째

꽃처럼 살고 싶습니다

봄 햇살은 가벼워 투명합니다.

이 가벼움 속에 피어난 꽃들은 역시 투명해 눈에 담고만 싶습니다. 가벼워 투명한 존재들의 행진이 이제 즐겁게 시작될 겁니다.

나도 내게 있는 무거운 모든 것들을 다 내려놓고 싶습니다. 가볍게 가볍게 자신을 비우고 봄의 꽃들과 함께 봄날을 즐겁게 행진하고 싶습니다.

무겁고 우울함은 그냥 지난 시간만으로도 충분했습니다. 혹여 무겁고 우울함이 있었다면 이제는 다 털고 가볍게 음악처럼 봄날을 행진할 일입니다.

꽃들은 언제나 행복으로 피어나고 행복으로 눈을 감습니다. 그 행복한 일생을 이 봄에는 배울 일입니다.

우리는 언제나 행복으로 눈을 뜨고 행복으로 눈을 감을 수 있을까요. 꽃보다 무거운 우리들의 일상이 이 봄에는 그냥 거추장스러울 뿐입니다.

가볍게 그래서 투명하게 꽃처럼 사는 일. 이것이 이 봄에 내가 해야 할 일입니다.

나무 곁에서 기도합니다

꽃이 핍니다. 따뜻한 대기가 온몸을 감쌉니다. 대기의 따뜻한 손길에 나를 맡기고 나는 나무처럼 서 있습니다. 나무처럼 서서 나무의 성장을 느껴봅니다.

나무는 오직 한길뿐입니다. 그냥 햇살이 끄는 쪽으로 햇살을 찾아 키를 돋을 뿐입니다.

나무 그늘 아래서 혹은 나무 등걸에 걸터앉아 우리가 평온을

느끼는 것은 우연이 아닙니다. 나무가 오직 햇살을 벗해서 성장해왔기 때문입니다.

때로 폭풍이 있을 때도 나무는 햇살의 위대하고 아름다운 힘을 믿으며 그 아픔을 견디어낼 수가 있었습니다. 그런 나무이기에 그 나무 곁에 있으면 내 삶도 온통 밝음과 평화로 가득 차는 것을 느낄 수가 있습니다.

나는 나무처럼 살기를 희망합니다. 오직 사랑과 기쁨으로 내 삶을 걸어 가겠다고 다짐합니다.

때로 시련이 다가와도 나무가 그랬듯이 그 시련을 사랑과 기쁨의 힘으로 잊겠다고 결심합니다.

봄날 햇살 아래서 나는 아직 어린 나무입니다. 내 속에 사랑과 기쁨도 작기만 합니다. 그러나 나무가 자라고 꽃들이 벙글어지듯이 내 안의 사랑과 기쁨도 그렇게 벙글어지기를 기도합니다.

열여덟번째

좋은 만남은 감동으로 다가옵니다

세상을 살다보면 아주 많은 종류의 만남을 만나게 됩니다. 가벼운 만남, 무거운 만남. 감동적인 만남, 덤덤한 만남. 그리고 유쾌한 만남과 불쾌한 만남까지.

그 많은 종류의 만남 가운데서 그 무언가를 택해서 관계를 맺어갑니다. 어떤 관계를 맺어가느냐에 따라서 삶은 달라집니다.

좋은 만남을 잘 맺어 가는 사람은 삶의 아름다움을 만날 수가

있고, 나쁜 만남 속에서 허덕이는 사람은 결코 삶의 아름다움을 만날 수가 없습니다. 삶은 결국 관계의 연속이기 때문입니다.

살아오면서 내게 감동적인 만남은 무엇이었던가를 되짚어 봅니다.

세월이 지나고 늦게서야 내 지난날의 만남들이 얼마나 감동적인 만남이었던가를 깨닫고 있습니다.

내 유년의 모든 만남 그리고 산중에서 보았던 자연과의 만남, 머리를 깎고 만났던 도반들과의 만남.

세월이 지나고 나서야 나는 내 삶이 얼마나 아름다운 것인가를 실감하고 있습니다. 그것은 내 만남 모두가 감동의 이름으로 다가오기 때문입니다. 내 유년의 작은 것 어느 것 하나까지도 내게 감동이 아닌 것은 없습니다.

지금의 만남이 덤덤하다고 말하진 마십시오. 세월이 지나면 그 덤덤함이 감동이었다는 것을 깨닫게 될 겁니다.

세월이 지나서야 알게 될 만남의 감동을 지금 알 수 있다면 얼마나 좋을까요. 내 곁을 지나간 모든 만남을 향해 나는 가만히 머리 숙입니다.

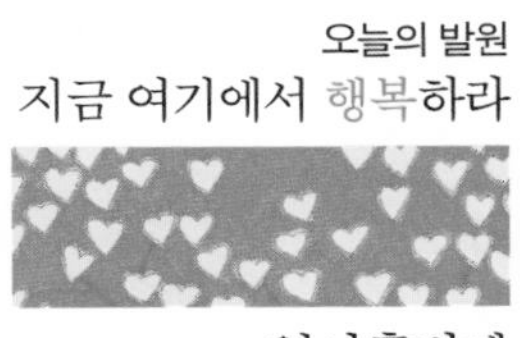

열아홉번째

좋은 친구들 곁에서는 언제나 젊습니다

오래된 도반은 언제 만나도 반갑습니다. 세월의 흔적을 잊게 하기 때문입니다. 이십여 년 전 만났던 도반들을 아직도 그때의 모습으로 만납니다. 오십이 다 되어 가도 젊은 그때의 모습으로 만나 웃고 떠들고는 합니다.

이런 즐거운 삶의 모습들은 이 다음 이십 년 후에도 똑같이 재현될 것만 같은 느낌이 듭니다.

늙지 않고 사는 가장 확실한 방법 중의 하나를 아무 거리낌 없이 웃는 도반들의 모습에서 발견합니다.

오래된 친구들과 사이좋은 관계를 계속 유지해 가는 것이 젊게 사는 그 첫 번째라는 것을 깨닫게 됩니다.

도반들과의 금생의 인연이 어찌 작은 것이 겠습니까. 수많은 전생의 인연이 있어 지금 금생의 인연이 있습니다.

양보하고 이해하고 겸손한 자세로 이 관계 앞에 서야겠습니다.

그러면 나는 가장 젊은 사람으로 오래도록 행복할 것만 같은 예감이 듭니다.

좋은 친구들이 여러분의 곁에도 그렇게 항상하기를 기도합니다.

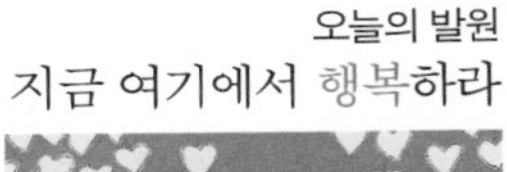

스무번째

희망과 이해를 만나기 위하여
기다려야 합니다

밤이 가면 새벽이 옵니다. 우리들 인생의 진리는 모두 무상하다는 것에 근거하고 있습니다.

절대 안 된다고 말하지 마십시오. 그리고 절대 아니라고 부정하지도 마십시오. 지금의 이 감정 이 마음은 언제든 변할 수 있기 때문입니다.

그렇다고 결정하지 말라는 말도 아닙니다. 결정은 언제나 희

망과 이해 속에서 이루어져야만 합니다. 실의와 절망 속에서 그리고 격한 감정 속에서 우리가 무언가를 결정한다면 그것은 그냥 상처로 남게 되는 경우가 많습니다.

살다보면 때로 격한 감정을 만날 수도 있고 때로 어려운 시간 속에서 막막해 할 때가 있습니다.

그때는 그냥 기다리는 겁니다. 그냥 내가 견디어야만 하는 시간이라 생각하고 기다리는 겁니다.

밤이 지나면 아침이 오듯 그 시간이 지나면 고요한 마음의 시간이 지금 보다는 더 나은 상황의 시간들이 오기 때문입니다.

절대인 것 같지만 절대가 아닌 것이 우리들 세계의 모습입니다. 그래서 우리에게는 희망과 이해가 필요합니다.

희망과 이해를 만나기 위해서 우리는 무거운 밤을 조용히 견디어내야 합니다.

관계라는 말 속에는
양보가 전제되어 있습니다

나는 내가 사는 절의 사람들이 한 가족처럼 살기를 바랍니다. 서로 집을 떠나와 사는 사람들끼리 따뜻한 정을 나누고 살 수 있다면 그보다 더 좋은 일이 어디에 있겠습니까.

절 마당의 매화 꽃잎처럼 그렇게 예쁘게 벙글어지는 삶을 우리 한 가정의 가족이 아니어도 만들어갈 수가 있습니다.

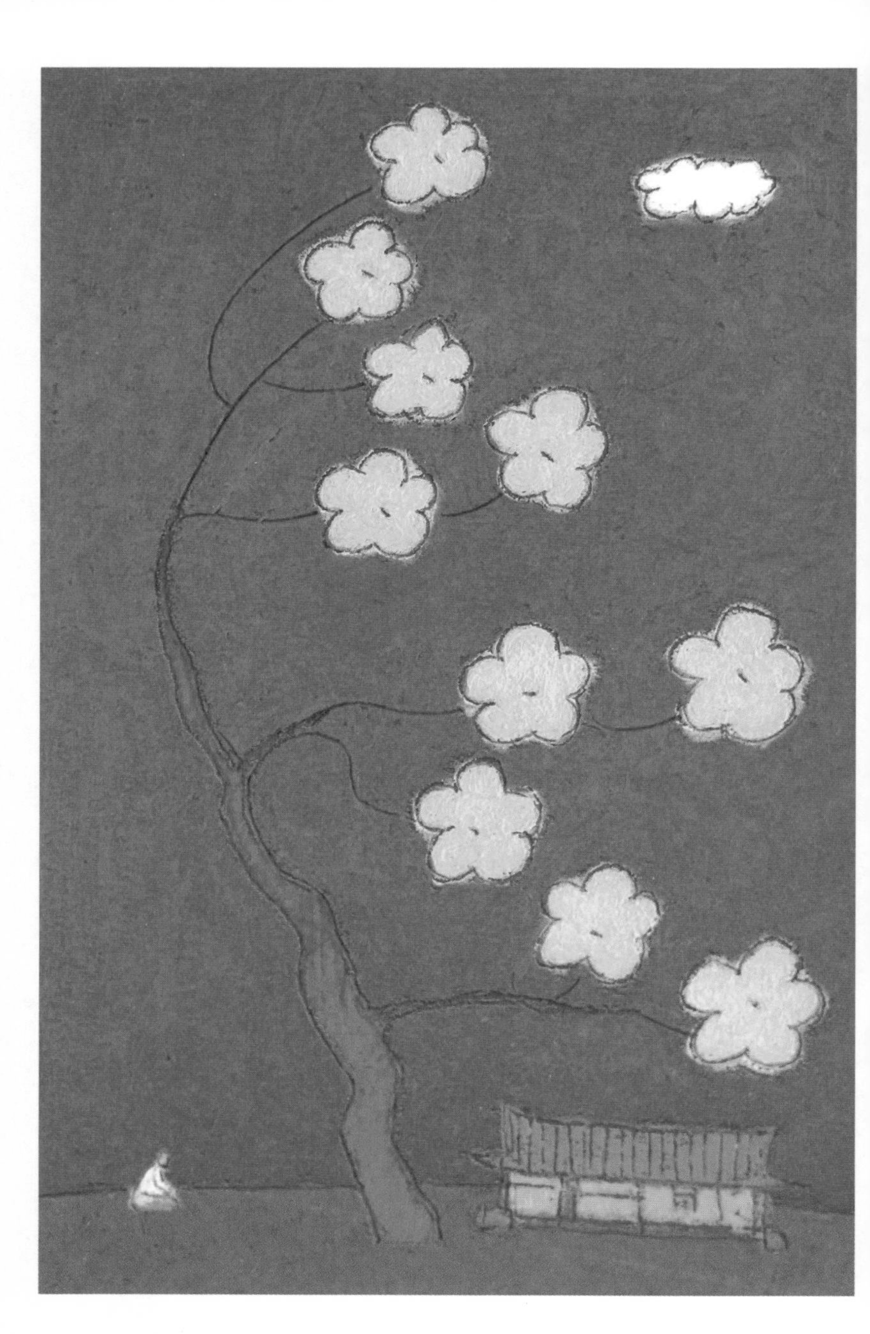

나무만 꽃을 피우는 것이 아니라 아름다운 사람도 역시 꽃을 피웁니다.

덕이 있는 사람들은 사람들과 더불어 조화라는 아름다운 꽃을 피우기 때문입니다.

사람과 사람 사이의 조화는 양보의 미덕이 피워낸 꽃입니다. 사실 관계라는 말 속에는 양보가 전제되어 있습니다. 양보가 전제되지 않은 관계라면 그것은 그냥 아귀의 장난에 지나지 않습니다.

사람과 동물의 차이는 양보에 있다고 생각합니다. 양보하면 천 명이 먹어도 한 솥의 밥이 남지만 다투면 열 솥의 밥도 부족한 것이 삶의 이치입니다.

절 마당에 핀 매화꽃 그늘 아래서 나는 그만 그 향기에 많이도 부끄러워집니다.

이 봄 내내 나는 그 향기에 나를 부끄러워하며 지낼 것만 같습니다.

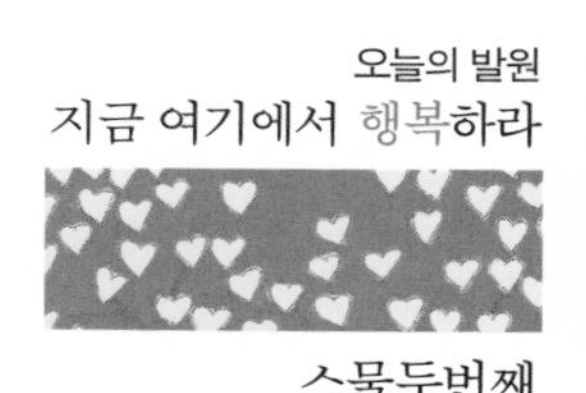

스물두번째

깊은 느낌은 기도이고 사랑입니다

바다에 나가 먼 수평선을 봅니다. 그러면 그 수평선 끝에 내가 있다는 생각이 듭니다.

그 아득한 거리에도 불구하고 나는 수평선이 되어 물결에 흔들리는 것을 느낍니다.

산길을 걷습니다. 산길을 걷다 큰 느티나무 아래 기대어 있으면 그 나무 속에서 나의 음성과 냄새가 나는 것만 같습니다.

그리고 수백 년 수령의 나무의 세월 속에는 고려 적 혹은 조선 적 그 시대 댕기머리 소년의 내 미소가 보입니다. 그때마다 나무는 잎들을 흔들며 기억들을 확인해 주곤 합니다.

가끔 사람들에게서도 그런 것을 느낍니다. 어떤 사람이 슬프게 미소지을 때 그 표정이 꼭 언젠가 내가 지었던 표정이라는 생각이 듭니다. 그래서 그 표정에 발이 묶여 그의 곁을 떠나지 못했던 적도 있습니다.

그러고 보면 그 어떤 것도 느낌 안에서는 공유의 끈을 지니고 있습니다. 떨어져 있지 않고 함께 있다는 것을 알 수가 있습니다.

깊은 느낌은 우리들에게 서로가 서로의 연관을 확인시켜 줍니다. 그래서 깊은 느낌은 기도이고 또한 사랑입니다.

오늘 나는 깊은 느낌으로 하루를 만나고 싶습니다.

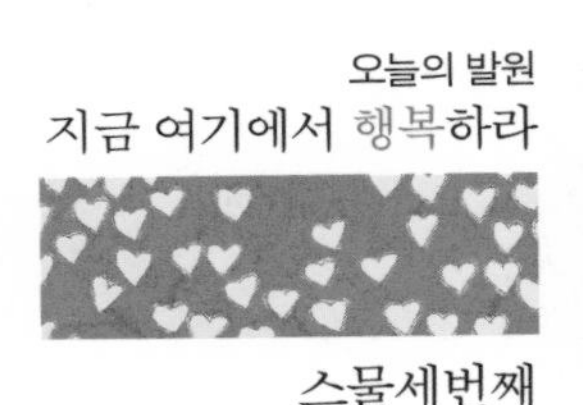

함께 살아가는 세상입니다

마음 한켠을 언제나 비워두고 삽니다. 그 마음 한켠에는 아름다운 것보다는 아름답지 못한 것들을 담아 둡니다. 아름답지 않은 것들이 있음으로 아름다운 것들이 얼마나 소중하고 고운 것인가를 보기 위해서입니다.

아름답지 못한 것은 이렇게 아름다운 것의 배경이 됩니다. 아름답지 않은 것은 못난 것이 아니라 다만 아직 아름다워지지 않은 것일 뿐입니다. 그것은 그래서 또한 언제나 아름다운 것이 될 수도 있습니다.

아름다운 것이 될 가능성이 있는 것이기에 아름답지 못한 것을 배척하지 않습니다.

우리 사는 세상에 적대적 모순이라는 것은 없습니다. 다만 인연에 따른 행위와 존재의 모습이 있을 뿐입니다.

인연이 그러므로 그럴 뿐입니다. 이렇게 생각하면 사람에 대한 미움이 사라집니다. 그리고 다만 나와 다를 뿐이라고 생각한다면 미움의 감정을 가져야 할 이유도 없습니다.

함께 살아가는 세상입니다.

그래서 오늘도 나는 내게 함께 살아가는 세상의 도리를 말해줍니다.

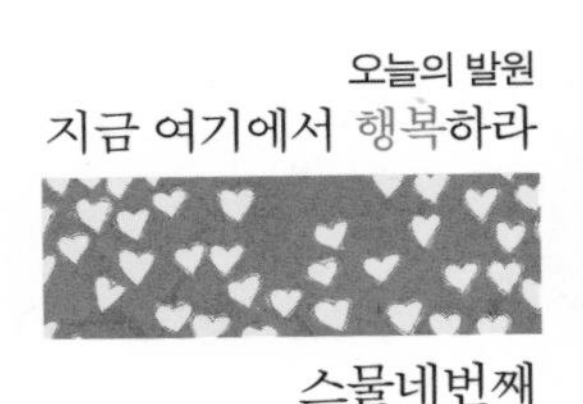

행복은 온 우주가 건네는 생명의 선물입니다

길을 보면 걷고 싶어지는 것이 사람의 마음입니다. 황톳길을 만나면 그 길 끝의 마을에 이르고 싶고 산길을 만나면 정처없이 걸어 산 정상에 이르고만 싶습니다. 길이 끝나는 곳에는 언제나 휴식이 있습니다.

길 끝에 자리한 마을에 이르면 사람들과 더불어 다리 품을 쉬고 산 정상에 오르면 그 아래 풍경과 함께 가쁜 숨을 고릅니다.

그 쉼과 휴식 속에서 만나는 행복. 그것은 마치 노을처럼 따뜻합니다. 그 따뜻함은 열심히 걸어온 사람이 만나는 선물이기도 합니다. 그것은 그동안의 노고를 향해 온 우주가 보내는 선물이기도 합니다.

우리 마음에도 길이 있습니다. 수행을 하면 하나하나 그 길이 보이기 시작합니다.

잡초 무성했던 그 길이 수행이라는 낫에 베어져 나가면 그 속에는 별보다 반짝이는 길이 나타나기 시작합니다. 그 길을 열심히 따라간 사람들은 모두 행복과 만납니다.

행복이라는 생명의 선물을 안은 사람들은 다시는 슬픔과 불행에 고개 숙이지 않습니다. 행복은 온 우주가 건네는 생명의 선물입니다.

열심히 길을 걸으며 스스로 경건해지는 일보다 아름다운 것은 없습니다.

별이 지는 언덕에서 배웁니다

별이 지는 언덕에 서서 새벽을 맞습니다. 밤 하늘을 곱게 수놓았던 별들은 아무 소리 없이 다시 하늘을 비웁니다. 그토록 아름답게 빛났으나 그 자리를 스스로 비우는 별들을 보며 그 마음의 아름다움을 배웁니다.

아무런 요구나 보상없이 스스로 아름다움에 만족할 줄 아는 저 별들의 쓰러짐은 한없이 순합니다.

별은 하늘에게 어떠한 보상을 요구하지 않습니다. 스스로 아름다웠으므로 그것으로 족할 뿐입니다.

별이 스스로 빛을 거두고 돌아가는 길이 아름다운 것은 별에겐 사라짐이 아쉬움으로 남아 있지 않기 때문입니다. 그러고 보면 미련이나 집착은 아름다움을 잃은 삶의 모습이기도 합니다.

미련이나 집착이 아닌 만족과 고요로 한 생애를 닫는 저 별들의 쓰러짐이 있어 새벽 하늘은 아름다운 것이기도 합니다. 존재했으나 존재에 집착하지 않는 저 별들의 행보가 내 가슴에 아름다운 무늬를 남깁니다.

저 하늘에 무수히 많은 별꽃들이 스스로 문을 닫습니다. 그리고 그 너머 서서히 빛이 떠오릅니다. 별이 지는 언덕에서 아름다운 떠남을 그리며 두 손을 모읍니다.

인생은 아주 재미있는 드라마입니다

나이 오십이 되면 인생은 몇 번이고 되돌려 본 한 편의 드라마와 같다는 말을 들었습니다.

인생이 지겨운 것입니다. 보았던 드라마를 보고 또 보고 하는 것은 실로 지겨운 것이기도 합니다. 어쩌면 대개의 사람들이 그렇게 살고 있는지도 모르겠습니다.

생각을 바꾸지 않고 새날에 대한 기대없이 그 자리에서 그렇

게 살아간다면 인생은 몇 번이고 본 드라마를 다시 돌려보는 재미없는 것일 수도 있습니다.

그러나 날마다 새롭게 살고자 다짐하고 새로운 시간에 대한 호기심을 갖게 된다면 인생은 늘 새롭게 만들어지는 아주 재미있는 드라마가 될 수가 있습니다.

아침에 일어나면 새로운 시간에 대한 호기심으로 시간의 커튼을 들추어 보아야만 합니다. 그러면 그 속에는 우리가 알지 못했던 많은 재료들이 놓여 있음을 보게 됩니다. 그 재료들은 생을 향한 우리들의 열정에 의해 멋진 조합을 이룹니다.

인생은 백 년을 살아도 날마다 새 날일 수밖에 없습니다.

그 새 날에 대한 기대와 호기심이 우리들 생에서 떠나지 않기를 기도합니다.

스물일곱번째

맑은 마음은 세상의 빛입니다

초등학생에게 양갱 선물을 받았습니다. 어머니와 함께 직접 만든 것이라는 말도 들었습니다.

방송에서 스님 좋아하신다는 말을 듣고 어머니와 밤새 만들었다고 합니다.

양갱을 받는 순간 가슴이 뭉클했습니다.

나는 그냥 지나가는 말로 했을 뿐인데 누군가는 그 말을 가슴

에 담고 있었다는 사실이 내게는 놀라움으로 다가왔습니다. 그리고 그 마음의 맑음에 절로 합장이 되었습니다.

세상에는 참 맑은 마음의 사람들이 많습니다. 그 맑은 마음의 사람들이 있어 세상은 살만한 것이 됩니다. 그러나 그 반대의 사람들은 더 많은 것 같습니다. 진지하지도 겸허하지도 않은 사람들이 또한 함께 존재하고 있습니다. 그냥 장난처럼 인생을 사는 사람들. 이들은 말은 많이 하지만 실천하지 않는 사람들입니다.

세상의 일을 자신의 일처럼 느낄 수 있는 사람들은 맑은 마음의 사람들입니다. 이러한 사람들이 있어서 세상은 여전히 빛을 간직하고 있습니다.

착한 표정 앞에서 눈물이 납니다

헐벗고 가난한 사람들이 따뜻한 표정을 짓고 있을 때 나는 눈물이 납니다.

피로에 지쳐 지하철 유리창에 기대어 졸다가도 다리 없는 사람의 동냥에 측은한 듯 껌 한 통 사주는 사람의 그윽한 표정을 보면 눈물이 납니다.

도움을 받아도 시원치 않지만 자기보다 못한 사람에게 껌 한

통 사 옆에 동료 깨워 같이 껌 하나 씹고 있는 사람들을 보면 그냥 절하고 싶어집니다.

무엇 하나 변변한 것 없어 그저 온몸으로 세상을 살아도 악보다는 착함이 더 많은 사람들의 표정 앞에서 나는 그냥 한없이 부끄럽습니다.

세상의 온갖 시련 묵묵히 이겨내는 그 표정의 착함 속에서 나는 부처의 미소를 보고, 기꺼이 주머니를 열어 껌 한 통 사는 그 손길에서 보살의 마음을 봅니다.

착하고 착해서 그저 돌아서서 눈물 흘릴지라도 자랑스러운 아버지이고자 눈물 훔치고 웃어 보이는 그 모습이 눈에 그려져 눈물납니다.

착하고 착한 사람들이 복 받는 세상.

그날이 바로 오늘 여기이기를 두 손 모아 기도합니다.

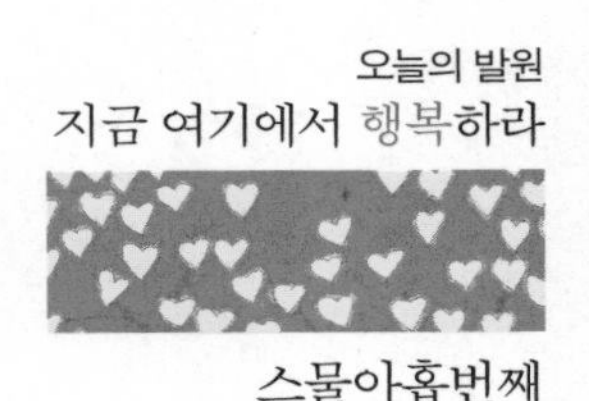

스물아홉번째

훌륭한 수행자는 언제나
나를 일깨웁니다

하루 내내 기도를 하는 스님과 함께 삽니다. 밥 먹고 잠시 쉬고나면 또 기도하는 스님을 지켜보고 있으면 내가 참 많이 부끄럽습니다. 뭔가 최선을 다해 사는 사람 앞에 서게되면 숨길 수 없는 마음의 독백을 만나게 됩니다.

나는 과연 얼마나 내 인생에 최선을 다하고 있는가.

훌륭한 수행자는 언제나 나를 일깨워줍니다. 그래서 언제나 훌륭한 수행자 곁에 사는 것이 좋습니다.

내 주변에는 숲만큼이나 훌륭한 수행자들이 많습니다. 그들의 살아가는 모습을 보면서 나는 가끔씩 다짐합니다.

저렇게 살아야지, 하고 말입니다. 하지만 쉽지는 않습니다. 쉽지 않기에 그것은 더욱더 의미있는 일이기도 합니다.

살아가면서 이토록 훌륭한 수행자를 만난다는 것이 내게는 복입니다. 복이 있기에 그들을 만나고 복이 있기에 그들의 삶의 행적을 쫓고자 노력합니다.

사람 몸 받기가 눈먼 거북이가 나무 판자를 만나는 것 만큼이나 힘든 일이라고 합니다.

그 어려운 인연이 내게 와 있습니다. 이 인연을 그냥 흘려 보내면 언제 다시 인연을 만날지 기약할 수가 없습니다.

오늘도 스님은 기도합니다.

인연을 만났을 때 어서 성불해야 한다고 목탁소리는 둔탁한 내 가슴을 울립니다.

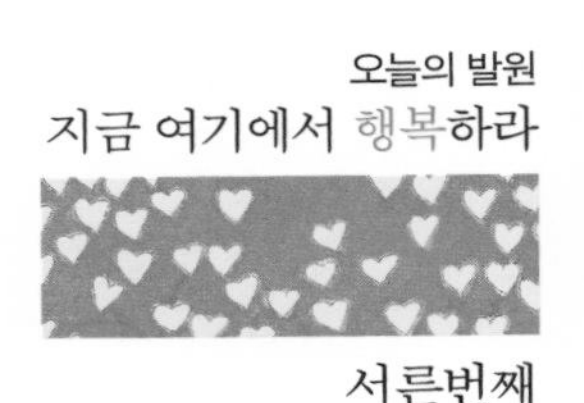

슬픔 앞에서도 미소지을 수 있으면 좋겠습니다

다시 만날 기약이 없는 것들을 향해 건네는 '안녕'이라는 말은 가장 슬픈 말입니다.

그러나 가장 슬픈 안녕이라는 말을 웃으면서 할 수 있을 때 그 말을 하는 사람은 가장 아름다운 사람이 됩니다.

절에 남편을 잃은 분이 다녀가셨습니다. 남편이 갑자기 돌아갔을 때 처음에는 슬펐었고 다음에는 분노했었고 지금은 그리워한다고 했습니다.

다시는 볼 수 없다는 사실에 슬퍼했고 이 세상 홀로 남겨두고 갔다는 사실에 분노하고 지금은 같이 했던 시간들이 너무 그리워 잠을 이룰 수 없다고 했을 때 나는 이 말을 건냈습니다.

'안녕'이라는 가장 슬픈 말을 웃으며 건네는 성숙한 사람이 가장 아름다운 사람이라고.

사랑도 슬픔도 그리고 그리움도 모두 자신의 몫입니다. 스스로 이겨나가야 하는 자신의 몫 앞에서 어떤 사람은 주저앉고 또 어떤 사람은 아름답게 이겨 나갑니다.

자신의 몫 앞에서 주저앉아 눈물 흘리는 미성숙한 사람의 모습은 아름답지 않습니다.

버거워도 자신의 몫을 감내하며 미소지을 수 있을 때 성숙한 그 사람의 모습은 아름답게 다가옵니다.

슬픔 앞에서도 아름답게 미소지을 수 있는 사람들이 바로 우리였으면 좋겠습니다.

서른한번째

바다는 둥굴어지라고 말합니다

오랫동안 바다를 거닐었어도 바다의 소리를 이해하지 못했습니다. 그러다 얼마 전에 바다의 소리를 이해하게 되었습니다. 그것은 둥글어라, 둥글어라 하는 것이었습니다.

바닷가 백사장은 이미 오래전 바다의 언어를 이해하고 스스로 둥글어져 만을 이루었습니다.

만을 이룬 모래사장에 서게 되면 둥근 것이 얼마나 편안하고 아름다운 것인지 알게 됩니다.

둥근 만 안에서는 누구나 순수한 아기가 되는 것만 같습니다.

만은 마치 어머니의 뱃속처럼 낯선 사람에게 안심과 평온을 느끼게 합니다.

나는 오래 들어왔어도 바다가 무엇을 말하는지 몰랐습니다.

그러나 바닷가 모래사장은 나보다 일찍 바다의 말을 듣고 스스로 둥글어져 있습니다.

각진 내 삶이 만을 이룬 바닷가에서는 초라하고 남루하게 다가옵니다.

안으로 스스로 깊어져 둥글어 지는 것, 그래서 고요한 평화로 세상 모두와 인사하는 것. 이제 이것이 나의 기도가 됩니다.

바닷가에서 서서 두 손을 모읍니다. 그래서 한없이 둥글어지기를 기원합니다.

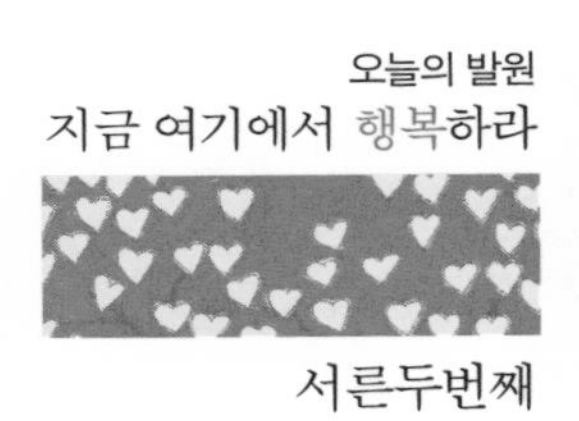

작은 것이 우리 삶을 아름답게 합니다

외국인 가족을 만났습니다. 그들은 한국말로 내게 인사했습니다. 안녕하세요, 반갑습니다.

나는 그들이 한국말을 하는 줄 알고 반가운 김에 몇 마디 건넸습니다. 하지만 그들은 한국말을 몰랐습니다.

그들이 아는 말은 '안녕하세요'가 전부였습니다. 그 한 마디 말을 그들은 너무 멋지게 발음을 했습니다.

그들은 아마 그 말을 익히며 그 말로 인사하게 되는 순간들을 기다렸을지도 모릅니다. 낯선 이국인에게 그들의 모국어로 건네는 인사가 반가움을 줄 것이라는 생각을 했는지도 모릅니다.

맑은 눈으로 웃으며 건네는 그 인사가 그들을 향한 내 마음에 친근함을 남겼습니다. 작은 것 하나가 이렇게 마음을 엽니다.

사람 사이의 관계에서 정말 중요한 것은 큰 것이 아니라 작은 것이라는 것을 우리는 생각해야만 합니다.

누군가의 생일을 기억하고 누군가의 이름을 기억해 주는 일. 그것은 관심이고 또한 배려이기도 합니다.

우리 너무 무심하게 사람과 사람 사이를 지나쳐 갑니다. 잠시 멈추어서 관심과 배려를 나눌 수 있다면 우리 삶은 더욱 아름다울 겁니다.

서른세번째

기다림은 기쁨입니다

비가 옵니다. 기쁜 비입니다.
보배로운 비입니다. 비가 내리는 날 절에 전화했습니다.

비가 왔느냐고.

비가 왔다고 합니다.

그 소리를 듣고 뜰 앞의 매화나무의 웃는 모습을 떠올렸습니다.

그리고 앞산의 말라가던 나무들이 목젖으로 넘기는 물소리도

들었습니다.

생명 있는 모든 것들은 이 비를 맞으며 박수치고 기뻐하는 것만 같았습니다.

비를 정말 무던히도 기다린 날들입니다. 그 기다림 끝에 비가 옵니다. 목마른 기다림의 갈증이 해소되는 순간입니다.

기다림은 이런 것입니다. 기다림은 모든 것을 선명하게 불러 세웁니다.

사소한 것도 큰 것이 되고 작은 비 하나도 기쁨이 됩니다. 그 어느 것도 기다려보지 않은 사람은 인생의 기쁨을 만날 수가 없습니다.

삶에 기쁨을 만나고 싶다면 우리 기다림에 익숙해져야 합니다. 기다림은 기쁨을 배워 나가는 시간이기 때문입니다.

비가 옵니다.

하늘에서 기쁨이 우수수 떨어집니다.

세상에 존재하는
모든 것들이 거울입니다

삼천배를 했습니다. 사람들이 모여 연등 불빛 아래서 온 밤을 새워 삼천배를 했습니다. 절을 하는 그 모습은 마치 연꽃과도 같았습니다.

절을 하는 모습을 바라보며 '사람도 욕심과 원망, 미움 그 모든 것을 내려놓으면 연꽃이 되는구나.' 라는 생각을 했습니다.

사람이 산다는 것의 지향은 어디인지 절하는 모습을 보며 나

는 느낍니다. 그리고 내 지금의 삶의 모습은 무엇인지도 살펴보게 되었습니다.

세상에 존재하는 모든 것들이 내게는 모두 거울입니다. 거울을 통해 나는 나의 모습을 비추어 봅니다.

연꽃 같은 거울을 만나면 내 모습은 부끄럽고 돌 같은 거울 나무 같은 거울을 만나면 내 흔들리는 마음과 욕심에 찬 모습이 보입니다.

절을 하며 나는 다시 마음을 비추어 봅니다. 내 모습이 연꽃처럼 비출 때까지 비추어 봅니다. 하지만 연꽃 같은 내 모습은 찾을 수가 없었습니다.

진흙 속에 연꽃이 피듯 탐욕과 성냄과 어리석음을 이겨내고 연꽃처럼 피어날 내 모습을 발원하며 두 손을 모읍니다.

서른다섯번째

쓰러기더미 위의 청소부 아저씨

쓰레기차 뒤 쓰레기더미 위에 청소부 아저씨 담배 한 개비 물고 앉아서 갑니다.

남들은 냄새난다 더럽다고 하는 그 자리에 청소부 아저씨 담담히 앉아 가십니다.

그 아저씨 쓰레기더미 위에서 꽃같은 아들 딸 낳고 남부럽지 않은 가정을 꾸렸습니다.

쓰레기더미가 아저씨에게는 꽃이고 행복입니다. 더러움도 깨끗함도 없는 자리가 바로 아저씨가 앉은 자리입니다. 더럽다 하는 것도 관념이고 깨끗하다 하는 것도 관념에 지나지 않습니다.

모두 똑같은 본성이 모습만 달리하고 있을 뿐입니다. 깊이 통찰해 보면 쓰레기는 장미고 장미는 또한 쓰레기인지라 그 어느 것도 다른 것은 아닙니다.

형상에 머무르면 다르지만 깊이 통찰하면 모두가 같다는 것을 알게 됩니다.

내가 당신을 사랑하고 당신은 나를 사랑해야 하는 것은 선택이 아니라 필수인 것을 깨닫습니다.

쓰레기더미 위에 앉은 청소부 아저씨 내게 깨달음 하나 주고 갑니다.

서른여섯번째

가장 순한 것이
가장 아름답습니다

작아지자 작아지자 다짐합니다. 내게 붙은 고민과 내게 자리한 집착을 모두 떨구고 작아지자고 결심합니다.

작아지는 것은 맑아지는 것이고 작아지는 것은 편안해지는 것이고 작아지는 것은 자유로워지는 것입니다.

너무 오래 교만했으므로 너무 오래 집착했으므로 이제 작아지

기를 발원합니다.

돌아보면 내 삶에는 이유가 없습니다. 그냥 그렇게 살아왔을 뿐입니다. 그 삶은 방황이었고 때론 구속이었습니다.

그것은 감각적인 삶이었고 헛된 꿈들의 삶이기도 했습니다. 이제 그 모든 것이 덧없음을 봅니다.

그것이 얼마나 못난 삶이었고 하찮은 존재의 모습이었는지 이제서야 봅니다.

바람처럼 풀잎처럼 그렇게 살고만 싶습니다. 바람 불면 눕고 바람 지면 다시 일어서는 풀잎처럼 가장 순한 자세로 삶을 살아가고 싶습니다.

가장 순한 것이 가장 아름답다는 것을 가슴에 새기며 교만과 집착에 걸리지 않는 바람처럼 살고 싶습니다.

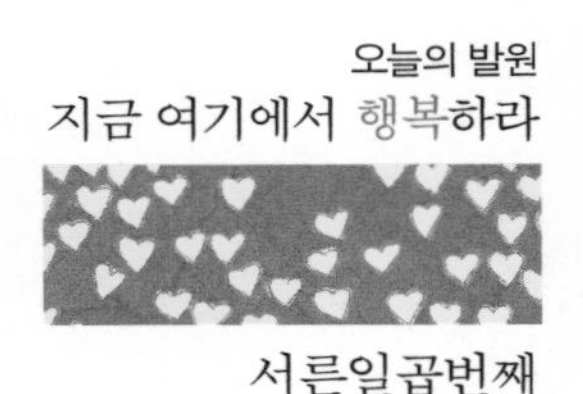

마음을 온전히 비우고 싶습니다

촛불을 밝히고 앉아 가만히 생각을 지웁니다. 생각은 마음의 때입니다. 생각이 지워지면 그 자리에는 맑은 호수가 드러납니다.

그 호수 위에는 별이 떠 있고 달이 떠 있고 부처님의 원만한 상호도 떠 있습니다.

마음이 평온한 것이 행복이고 부처님을 날마다 만나는 것이

기쁨입니다.

세상 그 무엇이 와도 흔들리지 않는 마음 하나, 그 마음 하나 지니고 있다면 그는 정말 행복한 사람입니다.

부처님의 상호에는 흔들리지 않는 미소가 보이고 더 이상 구하지 않는 구족한 표정이 보입니다.

부처님은 많은 것을 얻어 구족하신 분이 아니라 모든 것을 버려 더 이상 구함이 없는 분이십니다. 부처님은 위대한 포기를 통하여 이 모든 것을 성취하신 분이십니다.

촛불은 자신의 몸을 태워 빛을 내고 부처님은 위대한 포기로 삶의 불을 밝히셨습니다.

나는 무엇으로 내 삶을 밝힐지 아직 애써 외면하고 있습니다.

가야 할 길이 보이는데도 그 길을 가지 않는 것은 아직 마음을 온전히 비우지 못했기 때문입니다.

마음을 온전히 비우는 일. 그 일이 내 삶의 불을 밝히는 일입니다.

그 불빛을 따라 길을 걷고 싶은 아침입니다.

간절한 마음이 무엇보다 소중합니다

허리 굽은 할머니 계단을 오르십니다. 일주문 계단을 오르고 또 도량을 가로질러 계단을 올라야 부처님 집에 드실 수가 있습니다.

건강한 사람 그저 한달음에 오르는 계단을 할머니는 몇 번을 쉬고 또 쉬어야 오를 수가 있습니다.

힘들게 오르는 할머니 등을 향해 내가 말합니다.

"할머니, 그냥 그 자리에 서서 부처님께 절하세요. 부처님은 시력이 좋으셔서 할머니 마음까지 다 보시니까 애써 계단을 올라서 예경하지 않으셔도 됩니다."

웃으면서 말해도 할머니는 싫어하십니다.

그래도 그런 것이 아니라고 점잖게 젊은 주지스님 나무라시며 부처님 이렇게 어렵게 뵈야 복받는 거라고 말씀하십니다.

늙으신 몸 속에 부처님을 향한 마음이 보석처럼 박혀 있습니다.

세상이 무너져도 그 마음 변치 않을 겁니다. 그 신심 어디서 났는지 그 마음이 부럽습니다.

복받겠다는 그 간절한 마음 하나가 세상 무엇보다도 귀하게 다가옵니다.

서른아홉번째

푸른 풍경의 삶이 필요합니다

녹차밭에 일렬로 늘어서서 찻잎을 땄습니다. 푸른 녹차밭에 점점이 늘어선 사람들. 그 속에서는 사람들도 찻잎처럼 바람에 하늘거립니다.

찻잎을 따며 찻잎처럼 푸르게 그리고 녹차향처럼 향기롭게 살기를 발원합니다. 너무나 오염된 세상에 살기에, 너무나 탁한 마음으로 살아왔기에, 찻잎을 따는 것은 아름다운 삶을 위한 기

도가 됩니다.

찻잎을 따다가 절과 바다를 배경으로 사진도 한 장 찍으며 우리는 햇살처럼 웃었습니다.

서울서 온 전문 사진가는 렌즈에 이렇게 아름다운 풍경을 잡아보기는 처음이라고 합니다.

녹차밭과 사찰과 바다가 렌즈 하나에 잡히기는 처음이라는 말을 듣고 나도 렌즈를 통해서 그 풍경들을 관람하고 싶었습니다.

그러나 보지 않았습니다. 렌즈를 통해 보다가 그만 그 풍경에 빠져 돌아오지 못할 것 같은 두려움이 생겼기 때문입니다.

삶의 시간 시간 속에는 이런 푸른 풍경의 삶이 있어야만 합니다. 그 푸른 풍경의 삶 속에서 우린 새롭게 태어나기 때문입니다.

녹차밭에서 나는 삶이 기도가 되는 순간의 즐거움을 배웠습니다. 내 삶이 날마다 기도가 되기를 발원합니다.

행복은 아름다운 기쁨입니다

맑은 날입니다. 맑다는 것은 구름이 없다는 것을 의미합니다. 구름이 없는 하늘은 매우 투명해 눈이 부시기까지 합니다.

비움이 좋은 것도 그런 이유입니다. 비어 있다는 것은 무언가를 비워 버렸다는 의미입니다.

그 비워 버린 것의 내용은 내가 홀로 존재한다는 그릇된 생각

입니다.

아무것도 홀로 분리되어 존재하는 것은 없습니다. 그래서 모든 것이 비어있다고 말합니다.

그러나 그것은 또한 모든 것으로 채워져 있다는 것을 의미하기도 합니다.

모든 것이 함께 어우러진 조화가 바로 생명이라고 말합니다.

오늘 맑은 하늘을 보면서 하늘 속에 내가 있다는 것을 봅니다. 그리고 내게도 하늘이 있다는 것을 느낍니다.

'나'라는 형상을 떠나면, 나는 나로부터 자유로워지고 내 생명이 얼마나 신기한 우주의 조화인가를 실감할 수가 있습니다.

하늘 아래 두 팔을 벌립니다. 내 두 팔에 하늘이 내려옵니다.

그 행복이 내 전신을 타고 와 살아 있는 기쁨을 일깨워 줍니다.

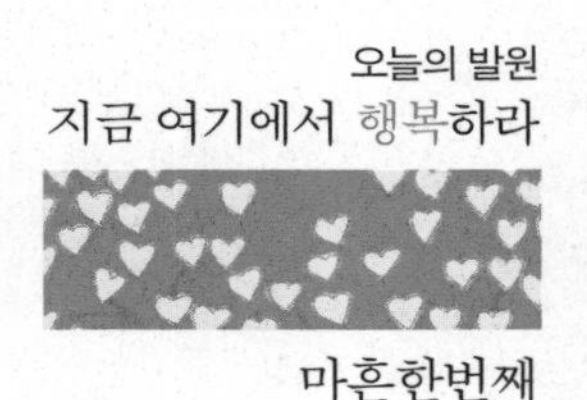

마흔한번째

서로가 서로를 인정해야 합니다

결혼 29주년을 맞아 부부가 절을 찾았습니다. 차를 내려 마시며 사는 이야기를 들었습니다.

한때는 술도 많이 마시고 했지만 이제 불교를 알고부터는 술을 자제한다고 했습니다. 가급적 맑은 정신으로 깨어있고 싶기도 하고 또 아들의 시선이 겁나서 그렇다고 했습니다.

예전엔 아버지가 아들을 훈육했지만 지금은 아들이 아버지의

행동에 기준이 된다고 합니다.

참 좋은 일입니다.

서로가 서로에게 좋은 영향을 남긴다는 것은 얼마나 좋은 일입니까. 사람들은 그렇게 살아야 합니다.

서로가 서로를 인정해주며 살 때 우리들의 삶은 아름다울 수가 있습니다.

부처님 오신 날 하루 내내 아내는 열심히 설거지를 했고 남편은 열심히 등을 달았습니다.

결혼기념일인 그날 그들은 부처님께 그 둘의 사랑을 봉사함으로 공양올린 것입니다.

그 어느 때 보다도 기억에 남을 거라고 산을 내려가는 그들에게 나는 말했습니다.

삶은 이래서 아름다워지는가 봅니다.

살아있어
행복합니다

꽃길을 걸었습니다. 벚꽃이 터널을 이룬 길을 걸으며 내게 어떤 복이 있길래 이런 길을 걸을 수 있나, 생각해 보았습니다. 꽃길 하나 걷고 푸른 하늘 한 번 만나는 것도 다 복이 있어야 된다고 믿고 있습니다.

이 아름다움을 만나고 느끼는 일이 어찌 작은 복이겠습니까.

불교에서는 만행화를 말합니다. 만 가지 선행이 모여 꽃 한 송

이를 이룬다는 것입니다.

그러고 보면 꽃의 존재가 결코 우연이 아니라는 것을 알게 됩니다.

만 가지 선행으로 존재하는 꽃의 아름다움을 어찌 우리 느끼지 못할 수가 있겠습니까. 저 꽃의 어여쁨과 향기로움은 모두 선행의 결과입니다.

세상은 모두 인과로 이루어집니다. 그리고 인과의 진행이 또한 우리들 삶의 모습입니다.

만 가지 선행이 모여 아름다운 꽃 한 송이를 이루듯 우리 역시 끝없는 선행으로 아름다움을 찾아가야만 합니다.

그것이 또한 복을 쌓는 일이기도 합니다.

살아있어 행복합니다.

이 행복을 나누는 일은 맑은 선행을 실천하는 일입니다.

생명의
본래 자리를 찾아봅니다

꽃이 만개했습니다. 잎들이 쫙 벌어진 튤립의 모습에서 늙음을 봅니다.

입을 꼭 다물고 있었을 때는 새콤한 생명의 기운이 느껴졌다면 만개를 지나버린 튤립의 모습에서는 애잔한 생명의 흔적들을 만날 뿐입니다. 생명은 피면 시들고 사라지면 또 다시 찾아옵니다. 그 어느 것도 생명의 바다를 떠나는 것은 없습니다.

생명의 바다는 무한이고 영원이기 때문입니다. 그래서 오고 감을 슬퍼해야 할 이유가 없습니다.

오늘 꽃이 사라져도 또다시 내년 봄이 되면 꽃들은 찾아올 것이기 때문입니다.

튤립 꽃밭을 걸으며 나는 아름답던 꽃의 모습을 찾습니다. 그러나 지금 튤립 꽃밭에는 그 아름답던 꽃들의 모습은 없습니다.

꽃이 그런 것처럼 옛날 나의 모습도 지금의 내게는 없습니다. 날마다 사라져가는 모습을 안고 살아가고 있으면서도 나는 자꾸만 내게 집착합니다. 그래서 삶이 고되고 슬퍼만 집니다.

모습이 아니라 생명의 본래 자리를 보는 연습을 해야만 합니다. 그래야 삶이 언제나 고요한 기쁨이 될테니까요.

나는 오늘 지려고 하는 꽃밭 속에서 지지 않는 생명의 자리를 찾아봅니다.

고통도 슬픔도
역시 보배입니다

살다보면 삶이 참 보배라는 생각이 듭니다. 이 귀한 생명의 시간을 내가 어찌 만날 수 있을까, 싶은 생각이 들기도 합니다.

삶이 내게 이토록 보배로운 것이기에 삶에서 만나는 모든 순간들 역시 보배라는 생각이 듭니다.

고되고 힘든 순간들도, 슬픔과 고뇌에 찬 시간들까지도, 모두

보배의 다른 얼굴로만 다가섭니다.

고통과 슬픔과 번뇌 그 모든 것이 보배가 먼지를 뒤집어 쓴 상태라고 생각할 수 있다면 삶은 너무나 당당하고 자유로운 것이 됩니다. 그래서 삶의 가치를 알고 살아간다는 것은 소중한 일입니다.

삶의 가치를 알지 못한다면 우린 아무런 느낌 없이 살아갈 뿐입니다.

백 년에 한 번씩 바다 위로 머리를 내미는 거북이가 있었습니다. 그런데 이 거북이는 구멍이 뚫린 판자를 만나야 쉴 수가 있습니다. 이 거북이는 과연 구멍 난 판자를 만날 수가 있을까요.

인생을 만난다는 것도 이렇습니다. 그래서 정말 귀한 것이 우리들의 삶입니다.

이 귀한 삶을 어찌 고통과 고난 앞이라고 홀대할 수 있겠습니까.

삶의 소중한 가치를 언제나 기억하도록 기도합니다.

꿈을 별에 묻어 두었습니다

새벽 툇마루에 앉아 별을 봅니다. 그리고 저 별과 나 사이의 거리를 헤아려 봅니다.

아득히 멉니다. 하지만 그 거리는 희망입니다. 별처럼 아름답게 살고 픈 마음이 내게 있다는 것을 일깨워 주기 때문입니다.

내가 별과의 거리를 헤는 것은 날마다 별을 닮은 모습이 얼마나 컸나, 하고 재어 보는 것입니다.

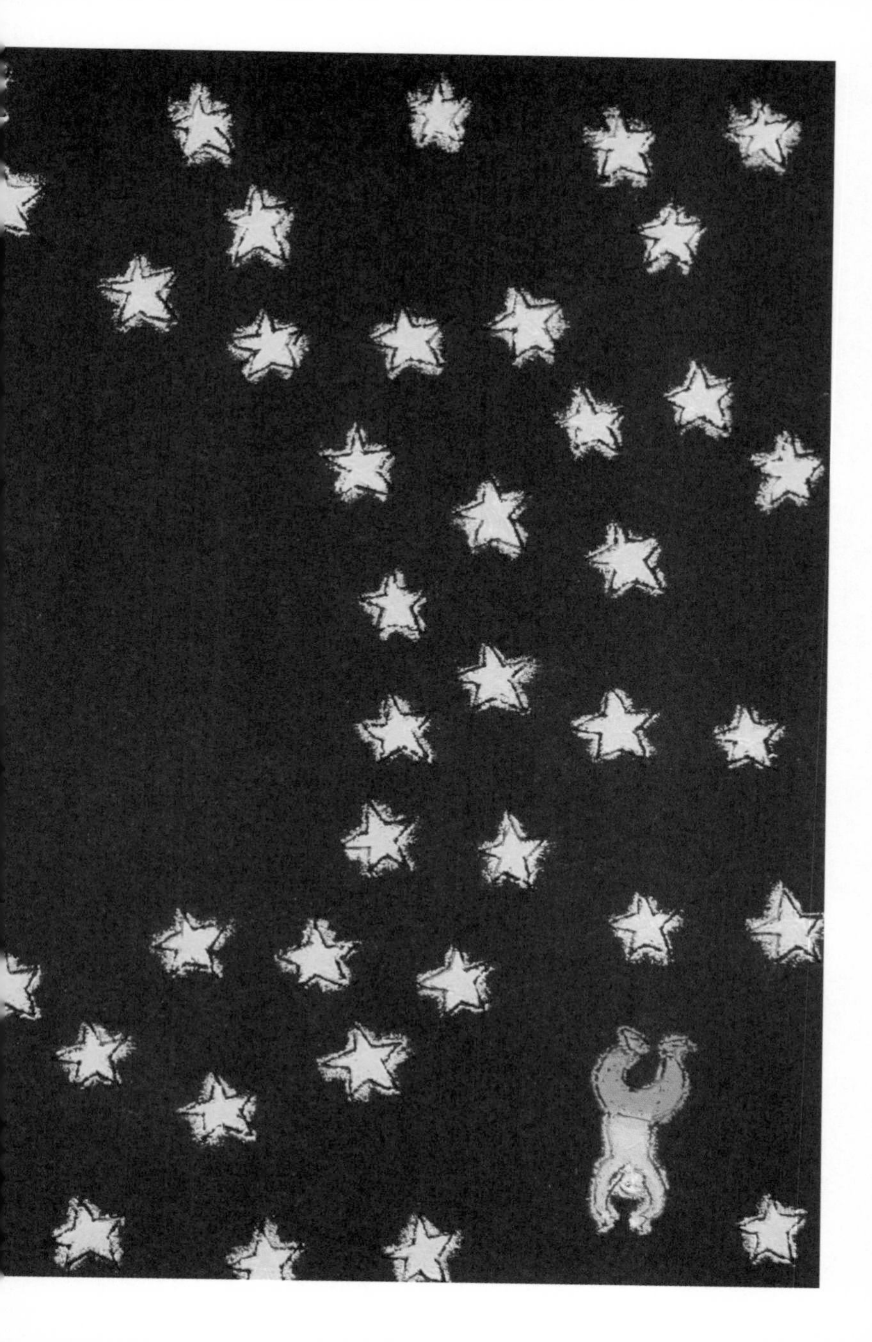

별 닮은 아름다운 모습의 삶의 키가 점점 자랄수록 별과 나의 거리는 좁혀질 것입니다.

별과 나와의 거리는 어떤 날은 좁혀졌다가 어떤 날은 또 멀어지기도 합니다. 좀 가까워 지는 날은 즐겁고 별과의 거리가 멀어지는 날은 우울합니다.

언제부턴가 나는 꿈을 별에 묻어 두었습니다. 내 그리운 얼굴들도 다 별에 놓아 두었습니다.

내 삶의 아름다움이 별에 이르는 날이 곧 나의 꿈을 이루는 날입니다.

착하고 아름답게 살아야 겠습니다. 그것 이상 바라는 것이 없습니다. 그 다음의 일들은 또 다음에 꾸어야 할 내 꿈이기도 합니다.

오늘도 그 누구의 꿈도 밟지 않고 그 누구의 마음에도 상처 남기지 않기를 기도합니다.

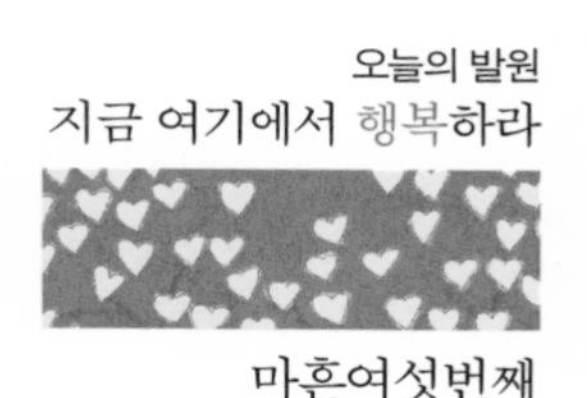

마흔여섯번째

어버이는 가장 커다란 사랑의 사람입니다

오늘도 허리 굽은 세상의 어머니들이 절에 오십니다. 허리도 굽고 주름은 졌어도 가슴엔 빨간 카네이션 한 송이 달려 있습니다.

자식은 멀어 오지 못했을텐데 가슴에 꽂은 아마 하늘이 달아 준 것만 같습니다.

인생을 오직 헌신과 사랑으로 살아온 그 모습에 감동해 하늘

이 밤새 내려와 어버이 가슴에 카네이션을 달아 놓고 간 것만 같습니다.

세상 그 무엇이 어버이의 자식 사랑에 감동하지 않는 것이 있을까요. 세상 그 무엇이 어버이의 자식을 향한 사랑의 마음보다 맑은 것이 있을까요.

허리가 굽어 가장 초라한 모습으로 오늘을 살아도 그들은 가장 커다란 사랑으로 가장 당당한 사람이기도 합니다. 어쩌면 그들의 작고 왜소한 몸집도 역시 일체를 내어준 커다란 사랑의 증거인지도 모를 일입니다. 그런 큰 사랑 안에서 그대와 내가 자랐고 지금 그대는 다시 큰 사랑의 어버이가 되어 자리하고 있습니다.

강물처럼 흐르는 어버이의 사랑. 그 사랑이 있어 이 세상 살만한 것이 되는지도 모르겠습니다.

거친 세상에 별처럼 빛나는 어버이의 사랑. 나는 오늘 하늘을 향해 가만히 속삭여 봅니다.

사랑합니다.

아버지

어머니.

마흔일곱번째

한 끼 밥에도
행복했으면 좋겠습니다

어제 오랜만에 오래된 지인에게 안부 전화를 했습니다. 그랬더니 괜찮다고 하더군요.

남들은 어렵다고 하지만 그런대로 되고 있다는 말에 복받았다고 했습니다.

이런저런 이야기를 하면서 그 사람이 어쩌면 도인일지 모른다는 생각이 들더군요. 아주 멋진 말을 들었기 때문입니다.

매출은 작년보다 훨씬 못하지만 그렇다고 지금 밥 굶지 않는데 뭐, 그리 애태울 일이 있겠습니까. 하는 그이의 대답이 내 마음을 쳤습니다.

그 넓은 마음의 평안이 환하게 보이는 것만 같아 아주 유쾌했습니다.

우리가 사는 모습은 어떻습니까. 작은 이익 작은 손실에도 너무 예민하게 살아가고 있지 않습니까.

나는 손해 보면 안 된다는 것이 우리들의 일반적인 생각입니다. 그러나 손해를 볼 수도 있고 이익을 볼 수도 있는 것이 우리들의 일상입니다. 그 일상의 흐름을 거역하면 고통은 시작되는 겁니다.

그저 밥 먹고 살면 된다는 욕심 없는 마음을 지니고 산다면 우리 작은 이익, 작은 손해에 그냥 무심할 수가 있을 겁니다. 그러면 우리는 진정 편안한 사람이 될 수 있겠지요.

요즘 사는 것이 어렵다고 합니다. 그렇다고 마음까지 어렵게 하지는 마십시오. 오늘 한 끼 밥에도 행복해 하는 당신이었으면 좋겠습니다.

마흔여덟번째

아름다움을
꿈꿉니다

연등의 물결이 아름답습니다. 푸르른 숲과 어우러진 연등의 물결은 또 하나의 아름다움을 연출합니다. 푸른 나무 사이에서 별처럼 춤추는 연등의 물결은 '사랑하겠다'는 '아름답게 살겠다'는 우리들의 발원이기도 합니다.

세상에 태어나 아름다움을 잊는다는 것은 슬픈 일입니다. 아름다움을 잊으면 우린 어쩌면 삶의 전부를 잃는 것인지도 모르

겠습니다.

말의 아름다움, 행위의 아름다움 그리고 마음의 아름다움. 삶의 가치는 아름다움을 떠나서는 그 어디에도 없습니다.

오직 아름다움으로 행복한 세상, 이것이 우리가 찾아가는 불국토이자 피안입니다.

꽃을 보고 별을 보고 그리고 착한 사람의 눈동자를 보며 우리 아름다움을 발견해야만 합니다. 그때 비로소 우리들의 삶도 아름다워지기 때문입니다.

아름다움이 결코 우연이 아니듯 아름다움의 발견 또한 우연이 아닙니다.

연등처럼 곱고 아름다운 삶의 물결들. 부처님은 그 아름다운 행렬의 처음이자 끝이기도 합니다.

부처님을 닮고 싶은 오월.

연등의 물결 아래서 중생의 고단한 삶을 내려놓고 아름다운 삶을 꿈꿉니다.

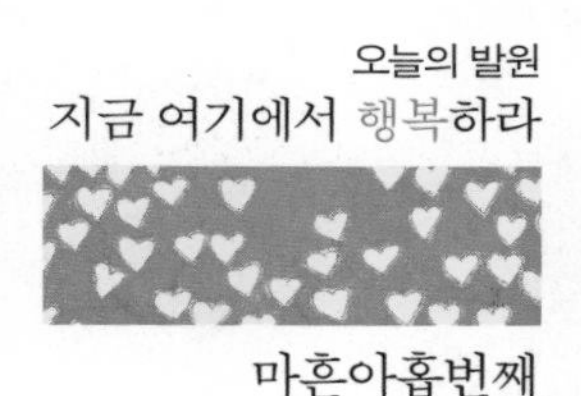

달빛과 같은
부드러운 얼굴을 하십시오

오월은 아름다운 얼굴을 지녔습니다. 오월의 숲을 보며 나는 어린이들의 함박 웃는 모습을 떠올립니다.

오월의 숲과 마주하고 앉아 눈을 감고 있으면 아이들의 웃음소리가 귓가에 맴돌고는 합니다.

부처님은 탁발을 나가는 비구들에게 달빛과도 같이 부드럽고,

겸손하고 수줍은 얼굴을 하고 가라고 했습니다.

누군가 음식을 주든 말든 그것에 신경쓰지 말고 늘 달빛과 같은 얼굴로 다니라,고 했습니다.

얼굴은 그러고 보면 단순한 외형이 아닙니다. 얼굴은 사람의 전 생애와 마음의 표현입니다.

수행자의 얼굴이 거만하다면 그것은 마음이 아직 하심하지 못했다는 것이며 수행자의 얼굴이 부드럽지 않다면 그것은 수행자가 아만심으로 가득 차 있다는 것을 반영하는 것입니다.

얼굴의 의미는 결코 수행자에게만 국한 되어 있는 것은 아닙니다. 일반의 모든 사람에게도 얼굴은 이와 같은 의미를 가집니다.

아침마다 거울과 마주하고 얼굴을 비추어 보십시오. 내 얼굴은 어떤가.

부드러운가. 겸손한가. 그 모습이 달빛과 같은가, 하고 물어보십시오.

그 순간 여러분은 아주 부드러워지는 마음과 만날 수가 있을겁니다.

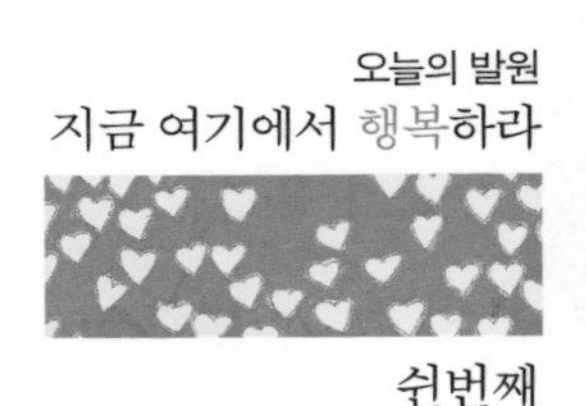

쉰번째

행복한 미소를 만나십시오

과꽃이 세 번 피고 졌습니다.

과꽃이 세 번 피고 지는 시간 우리는 둥그렇게 행복한 미소를 피웠습니다.

시간이 가도 지지 않고 시간이 갈수록 밝아지고 둥글어지는 행복한 미소 속에서 우리 하나가 되었습니다.

사랑의 이름으로 관심의 이름으로 우리 거친 세상을 행복한 미소를 지으며 걸어가고 있습니다.

삶이 힘들 때, 자신이 너무 나약해 보일 때, 미움이 너무 커 가슴이 아플 때, 그대 곁에는 행복한 미소가 있다는 것을 기억하십시오.

삶의 피안은 저 편에 있는 것이 아니라 바로 우리들의 마음속에 있습니다.

여러분의 가슴속에 그려 놓은 행복한 미소를 날마다 만날 때 여러분은 피안의 행복과 만나게 됩니다.

'당신보다 내 사랑이 더 깊다'는 과꽃의 꽃말처럼 사랑받기 보다는 사랑하며 사는 사람.

행복하게 미소지음으로 행복한 삶을 만드는 사람들이 바로 우리이기를 발원합니다.

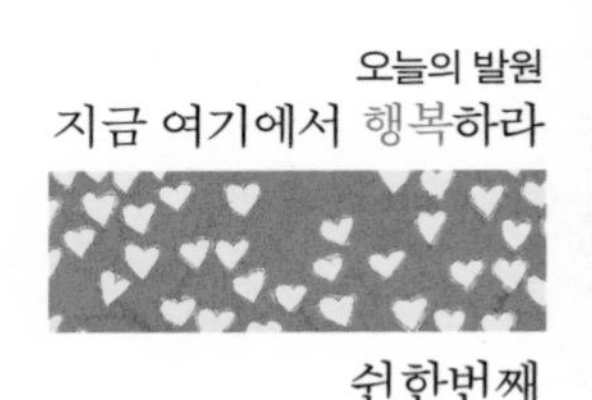

쉰한번째

오고 가는 그 자리가 궁금합니다

봄이 피워낸 꽃들 사이에 서서 이 봄은 어디서 왔는가 묻습니다. 그 물음 속에 나는 또한 어디서 왔는가 묻습니다. 그러나 그 온 곳을 알 수가 없습니다.

고개를 아무리 갸우뚱 해 봐도 봄이 온 곳도 내가 온 곳도 알 수가 없습니다.

다시 봄 속에 서서 나는 묻습니다. 이 봄도 어디로 가는가, 하고. 그리고 이 봄의 갈 곳을 묻는 나는 또 어디로 가는가, 하고 묻습니다. 때가 되면 반드시 가야 하지만 가야 할 곳을 나는 진정 모르고 있습니다.

내가 오고 내가 가지만 온 곳도 모르고 갈 곳도 또한 모릅니다.

이렇게 어리석은 삶이 있을까요. 그 어리석은 삶의 한가운데 서서 나는 오늘도 살아가고 있습니다. 성내고 욕심내고 어리석은 몸짓으로 말입니다.

나는 어디에서 와서 어디로 가는가. 이제 이 물음 하나를 들고 살아야 하는 나이임에도 나는 여전히 무명의 삶을 살고 있습니다.

삶이 수행이 되어야 하는 이유를 나는 아직 깨닫지 못하고 있습니다.

꽃들의 아름다움 앞에 서서 오고 가는 그 자리가 못내 궁금합니다.

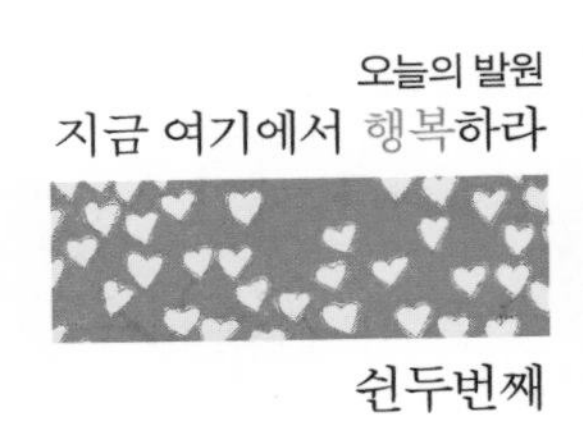

산빛 푸르고
꽃들은 붉습니다

창틀 너머 산을 바라봅니다.

산이 마치 액자의 풍경처럼 다가옵니다.

햇살을 받아 반짝이는 그 연두빛 잎새의 반짝임에 나는 차를 마시는 것도 잊습니다. 가끔 산새가 와 울고 지나고 그때마다 햇살은 그 여린 잎들을 향해 은성하게 내립니다.

이 무슨 행복인가.

그 누가 이 행복의 진수를 알랴 싶어 그만 지그시 눈을 감고 웃음을 지어도 봅니다.

풍경이 다 보이지 않아도 그 풍경에 흠씬 젖기에 충분합니다.

마음에 바라는 바가 없어 그 풍경에 젖으니 그냥 행복하기만 합니다. 꽃도 사라지고 산 빛깔도 변할 것이지만 그것은 내 알 바가 아닙니다.

오늘 이렇게 행복한데 내일을 왜 걱정하며 또 걱정한들 무슨 의미가 있겠습니까.

산은 내게 내일을 잊게 합니다. 내일을 걱정하는 것은 산에 사는 사람의 일이 아니라고 말합니다.

산빛 푸르고 꽃들은 붉은데 또 늙고 죽음을 걱정하는 것이 무슨 의미있겠습니까. 창틀에 곱게 자리한 산을 바라보며 그저 세상을 잊습니다.

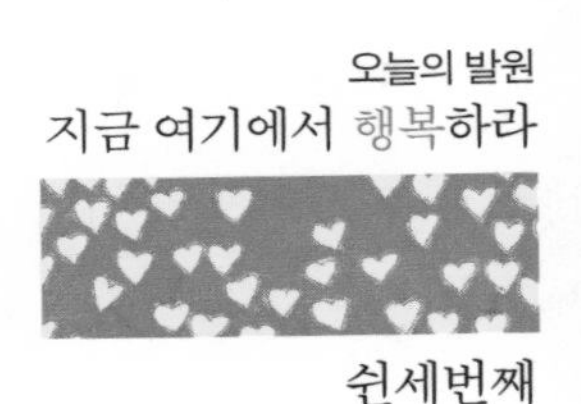

아름다운 곳을 찾아갑니다

봄 바다의 물빛은 여린 나뭇잎 색을 닮았습니다. 가만히 들여다보면 물 속이 다 보입니다.

가끔 고기들도 보이고 물 속에서 오래 살아 다듬어진 몽돌들의 정다운 모습도 보입니다.

눈을 감고 있어도 그 물빛과 고기와 몽돌의 잔영이 오래도록 눈가에 남아 있습니다.

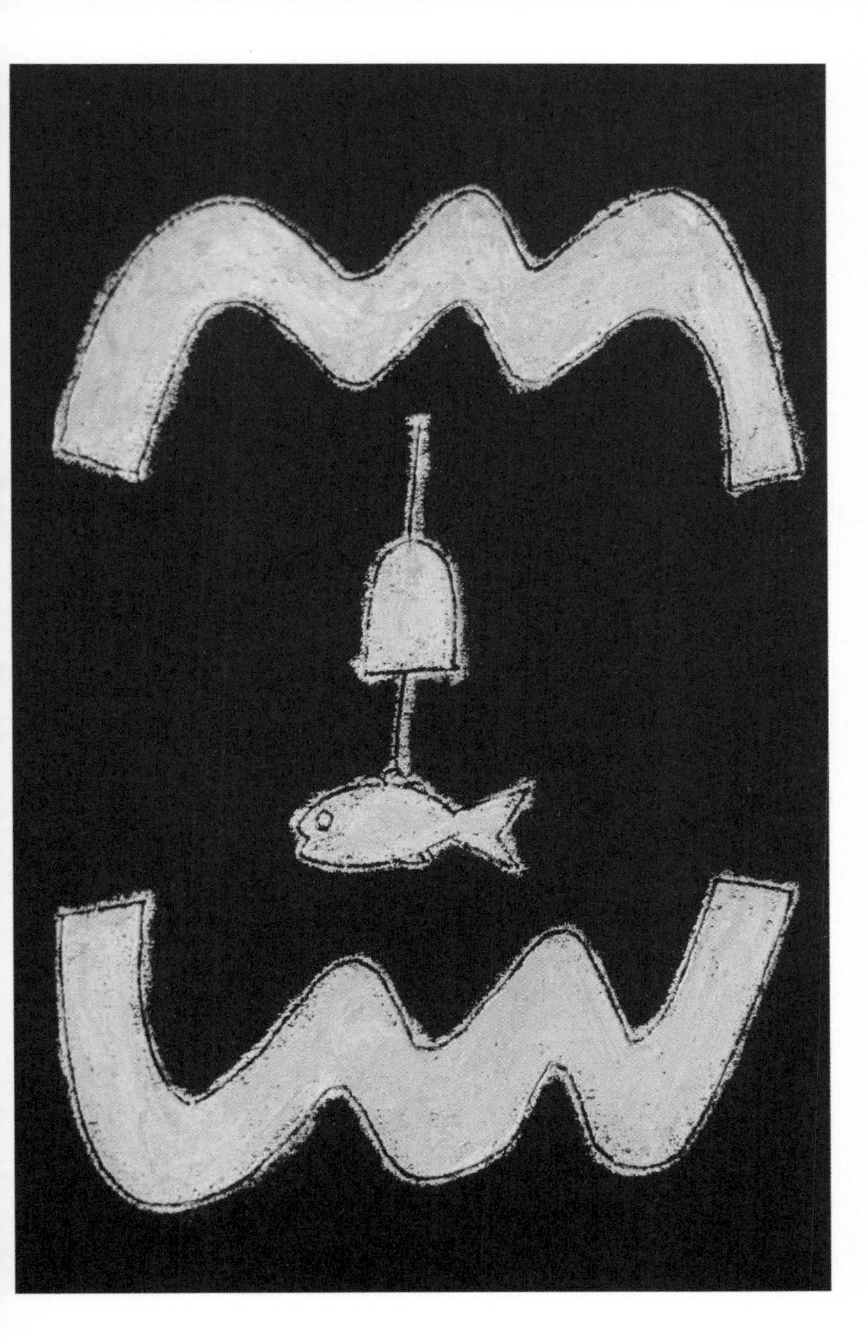

아름다운 자리에 자꾸 찾아가 볼 일입니다.

아름다운 곳을 찾아가면 아름다운 마음을 만날 수 있고 아름다운 마음을 만나게 되면 아름다운 존재로 새롭게 태어날 수 있기 때문입니다.

혼자서의 삶은 그냥 외롭고 쓸쓸할 뿐입니다. 그러나 아름다운 풍경과 함께라면 삶은 행복한 시간들과 함께 하나가 됩니다.

자연을 사랑하고 자연에 깃들 수만 있다면 그것은 최고의 인생이 되는 것입니다.

물빛 앞에서 순하게 닦이는 마음을 만나고 별빛 아래서 감동하는 자신을 발견할 수 있을 때 우리는 인생이 얼마나 큰 선물인가를 깨닫게 됩니다.

삶의 아름다움을 위해 아름다운 곳을 찾아 길을 떠나볼 일입니다.

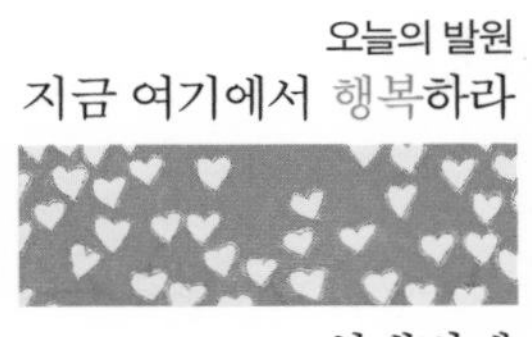

느끼고 기억해야 합니다

꽃들이 핀 길을 걷습니다. 꽃나무 너머에는 바다가 보입니다. 나는 걷던 길을 멈추고 서서 꽃과 바다가 잘 보이는 언덕에 가 앉았습니다.

나와 벚꽃과 바다가 내 눈길 안에서 하나가 됩니다.

가슴으로 느낀다면 우린 이미 각각 존재하는 것은 아닙니다. 느낌 하나만으로도 우리는 이미 분리의 거리를 넘어서는 것입

니다.

그래서 아름다운 느낌을 갖는 것은 중요합니다.

꽃을 보고 아름답다고 느끼고 그 느낌을 기억할 수 있을 때 우리는 정말 예쁜 존재로 태어날 것이라는 약속 하나를 받을 수 있습니다.

바다를 보고 넓음을 가슴으로 느낄 수 있을 때 우린 정말 바다처럼 넓은 가슴의 사람으로 다시 태어나게 되는 것입니다.

느끼고 기억하기. 그리고 그 기억은 우리의 의식 깊은 곳에 남아 또 다른 시간대의 우리를 만들어 갑니다.

살아서 아름다운 것만을 보고 살아서 고운 생각만을 하고 살아서 자비로운 행만을 한다면 우린 그 기억들을 아마 오래도록 지니고 있게 될 것입니다.

살아서 자기를 만드는 일은 이렇게 하는 겁니다.

오늘도 나는 예쁘고 아름다운 느낌을 찾아 길을 나섭니다.

언제나 긍정적인 당신이 아름답습니다

연밭에 물길을 열어 물을 댑니다. 그간 잡초도 무성하게 자랐습니다. 마른 연밭에 잡초만 자라고 연꽃이 필 것 같지 않은 그 자리에도 팔월이면 어김없이 연꽃이 필 것입니다.

마른 논에 물을 대고 잡초를 뽑으며 이것은 잡초를 뽑는 것이 아니라 연을 심는 작업이라고 생각을 합니다.

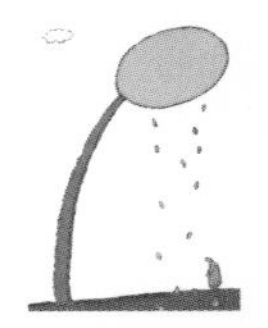

무언가 뽑아 없앤다는 생각보다 무언가를 심는다는 생각이 내게는 더 좋은 일일 것만 같았기 때문입니다.

부정적인 생각보다는 긍정적인 사고 속에 자신을 놓아 둘 때 내게도 긍정적인 변화가 올 것입니다.

가난은 부자가 되기 위한 시간이라 생각하고 슬픔은 기쁨을 예비하는 시간이라고 생각해 봅니다.

모든 것이 그렇습니다.

부정적인 사고는 부정적인 자아를 만들고 긍정적인 사고는 긍정적인 자아를 만듭니다.

긍정적인 자아는 어떠한 장애에도 걸리지 않는 자유인을 의미하기도 합니다.

오늘 누군가에게서 언짢은 이야기를 들었다면 이렇게 한번 생각해 보십시오.

언짢은 이야기를 들으면 기분 나쁠 수 있다는 것을 깨우쳐 주기 위해서 그가 내게 그런 말을 했다고…….

언제나 긍정적인 당신이 아름답습니다.

매화나무 아래서 여름을 봅니다

매화나무 아래서 싱그럽게 다가오는 여름을 봅니다. 이곳에서 어느덧 세 번째 맞는 여름입니다. 여름이 올 때쯤이면 난 이렇게 매화나무 아래 서서 여름이 다가오는 것을 느낍니다.

재작년 여름도 작년 여름도 그리고 올 여름도 이 매화나무와 함께 맞고 있습니다.

매화나무는 이곳에서 아마 200번째 여름을 맞고 있는지도 모르겠습니다.

그 여름이 지나며 뿌린 빛의 색깔들이 200층의 무게로 자리하고 있다는 생각을 합니다. 그러나 매화나무의 잎들은 그 빛들의 무게를 하나도 버거워하지 않습니다.

200층 빛의 무게는 조금도 무게감 없이 그냥 찬연한 빛으로 매화나무 잎들을 치장하고 있을 뿐입니다.

매화나무는 세월도 빛도 그리고 200번을 이어서 이 나무 아래 서서 여름을 보았을 사람들까지도 그 어느 것도 하나의 무게 없이 사라져 간다는 것을 알고 있습니다.

존재하지만 영원하지 않을 거라는 것…….

그리고 자신도 어떤 무게도 남기지 않고 사라져 갈 것이라는 사실을 알고 있습니다.

100년의 시간 동안 매화나무는 무상을 무상으로 대하는 눈과 가슴을 지니게 된 것입니다.

매화나무 아래 서서 나는 매화나무처럼 여름을 바라 봅니다.

쉰일곱번째

아름답고 따뜻한 기억들로 마음을 채워가십시오

살다보면 잊어야 할 것들이 있고 기억해야 할 것들이 있습니다. 기억해서 좋지 않은 일들은 잊어야 할 일들이고 아름다운 일들은 기억해야 할 일들입니다.

그러나 기억해야 할 것들은 쉽게 기억을 떠나가고 잊어야 할 것들만 기억 속에 강하게 자리하고 있는 것을 봅니다.

우리는 좋고 아름다운 것보다는 미움과 증오라는 좋지 않은

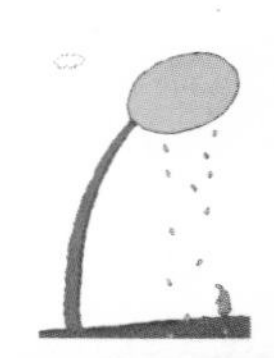

것들에 더 많이 영향을 받고 삽니다. 그것은 미움과 증오의 힘이 강해서가 아니라 미움과 증오에 우리가 더 집착하기 때문입니다.

그것은 우리들의 사는 모습이 그러했다는 것을 의미합니다.

한 마음의 시작이 중요하고 그 마음이 어떤 내용으로 자리하느냐 하는 것도 중요합니다.

마음에 생각이 없다면 가장 좋겠지만 마음에 나쁜 기억이나 마음의 상처는 없어야만 합니다.

나쁜 기억들은 잊어야 합니다. 오직 아름답고 따뜻한 기억들로 마음을 채워가야 합니다. 그 기억들이 우리들의 마음에 아름다운 꽃을 피울 겁니다.

소리내지 않아도 향기로운 마음의 사람들은 언제나 마음에 꽃을 피우는 사람들입니다.

산사는 지상에 내린 별입니다

산길을 가다 길을 잃으면 밤 하늘의 별을 보고 갑니다. 그러나 인생의 길을 걷다 길을 잃으면 무엇을 보고 가야 할 지 막막할 때가 있었습니다.

그때 밤 하늘의 별보다 더 반짝이는 것을 보았습니다. 산사였습니다.

부처님 말씀보다도 산사가 내게 먼저 다가왔습니다.

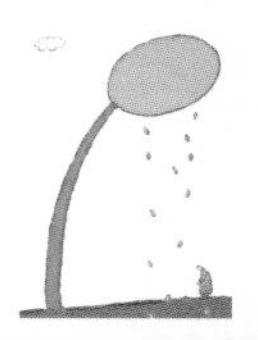

산사의 마루에 앉아 있으면 세상 모든 것이 모두 순하게 다가옵니다. 산사의 바람소리를 듣고 풍경소리를 듣고 목탁을 치는 스님의 뒷모습을 바라보며 세상에 이토록 평화로운 모습이 있다는 것을 알게 되었습니다.

산사는 지상에서 내린 별이었습니다. 산사를 찾아다니며 어두운 인생길에서 비로소 길을 발견할 수 있었습니다.

고요하고 편안하고 따뜻한 그곳 산사는 내 영혼의 가장 아름다운 길이 되어 자리하고 있습니다.

오늘도 나는 그 길을 따라 걷습니다. 더 이상 어둡지 않은 인생의 길.

내 인생에는 산사라는 아름다운 별 하나가 곱게 자리하고 있습니다.

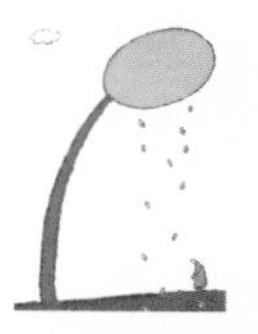

먼 훗날 따뜻함을 위해 기도하십시오

땀을 훔치며 산을 오릅니다. 내가 찾아가는 길이 산 중턱에 자리하고 있다는 것이 즐거움입니다.

이렇게 맑은 땀을 흘리며 산길을 오르는 즐거움은 아직 내가 건강하기에 주어진 선물입니다.

산길을 오르며 그 언젠가 내가 이렇게 걸어서 산길을 오르지 못하게 되는 날이 온다면 어떨까……. 하고 생각해 보았습니다.

저 산 중턱에 자리한 암자를 찾아갈 수 없게 된다면 그것은 많이 슬픈 일이 되겠지요.

그날의 슬픔이 슬픔이 아니길 위해 나는 이 길과 산 중턱에 있는 암자를 마음속에 깊이 담고 또 담습니다.

암자에 가지 않아도, 길을 오르지 않아도 내 마음속에 담긴 길과 암자를 만나는 것만으로도 충분히 행복하기 위해서 말입니다.

모든 것을 잃어도 흔들리지 않는 마음.

절망적인 상황 앞에서도 평화로운 마음을 위해 오늘도 나는 내 마음속의 모든 집착들을 버리고자 합니다.

길을 걸으며 내 먼 훗날의 따뜻함을 위해 기도합니다.

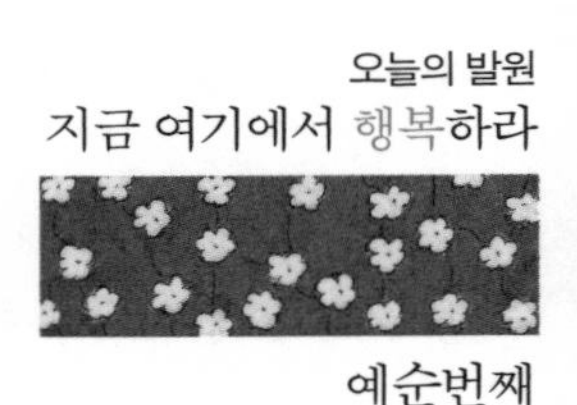

헤어져도 행복했었다고
말할 수 있어야 합니다

사랑은 영원하지가 않습니다.

사랑은 시간이 가면 변하고 사랑의 마음도 따라서 식어갑니다.

영원할 것 같았던 사랑이 사라지고 헤어져야 하는 시간이 다가올 때 그 누구도 괴로움의 굴레를 벗어날 수는 없습니다.

헤어짐이 찾아오면 세상은 온통 눈물로 다가옵니다. 헤어짐은 이 세상에 자리했던 모든 즐거움과 기쁨을 앗아가 버립니다.

마음속에 자리하던 행복마저도 헤어짐은 여지없이 걷어가 버리고 맙니다.

그것도 부부로 십 수년을 함께 살다가 헤어지는 경우라면 그 아픔은 더욱더 클 수밖에는 없습니다.

이 아픔의 굴레 속에서 사람들의 표정과 마음은 가지가지입니다. 괴로움으로 원망을 가득 품는 사람이 있는가 하면 그 괴로움을 이겨내며 상대를 자유롭게 놓아주는 사람도 있습니다.

헤어지면서 그래도 함께 했기에 행복했던 십 수년의 시간이 있어서 고맙다고 말할 수 있는 사람은 정말 성숙한 사람입니다.

십수 년 행복했으므로 이제 함께한 사람의 행복을 위해 그를 놓아주겠다고 말하며 눈물의 미소를 짓는 사람은 진정 아름다운 사람입니다.

고통은 사람을 아름답게도 하고 망가지게도 합니다. 고통 속에서도 아름다운 사람의 모습에서 나는 연꽃을 봅니다. 그런 사람을 보면 절하고 싶습니다.

바로 부처의 모습이기 때문입니다.

그대 마음의
어둠을 지우고 싶습니다

나에겐 나만의 길이 있습니다.

그 길은 하늘의 별에 이르는 길이고 깊은 산중의 마을에 이르는 길이고 바다에 이르는 길이기도 합니다.

내가 가진 나만의 길은 언제나 아름답고 순수하고 초롱초롱합니다. 그 길 위를 걸을 때면 나는 한없이 너그러워져 인간 세상의 소식을 잊고는 합니다. 그 순간 나는 한 점 바람에도 날려가

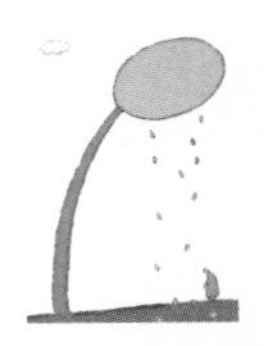

는 꽃씨와 같은 느낌이 들기도 합니다. 그러나 나는 정작 그대의 마음에 이르는 길을 지니고 있지 못합니다.

그대의 마음에 이르러 그대의 분노와 원망과 미움을 씻어낼 수 있는 길을 알지는 못합니다. 그 길을 아는 것 그리고 그 길을 걸어가 그대 마음의 어둠을 지우는 것이 내 삶의 이유입니다.

부처님은 모든 사람들의 마음에 가닿는 길을 알고 계셨습니다.

부처님은 그래서 그대 마음에 이를 수 있었고 그대 마음의 어둠을 지울 수 있었습니다.

나도 그 길을 발견하고 싶습니다. 그리고 그대 마음의 어둠을 지워주고 싶습니다.

산사로
오십시오

사는 것이 어려운 시간대입니다. 전 세계가 경제 한파로 몸살을 앓고 있습니다. 지구에 살고 있는 어느 나라할 곳 없이 금융위기의 여파를 벗어난 곳은 없습니다. 그 여파에 사람들은 당황하고 절망하고 길을 잃고 배회하고 있습니다. 그 여파는 두렵기까지 한 것입니다. 그 어디에도 탈출구가 보이지 않습니다.

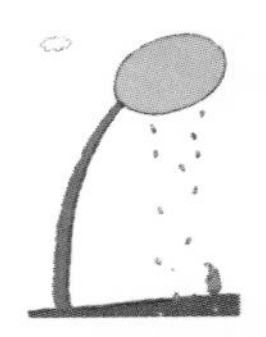

숨이 턱에 차도록 공포가 몰려오기도 합니다. 실직하고 자살하고 모두들 삶으로 부터 도망가고 싶어 하는 마음들을 지니고 있습니다.

아파트 값도 주식도 그 무엇도 반 토막 아닌 것이 없습니다. 이 절반의 가치를 이겨내기가 힘들어 사람들은 절망하고 있습니다. 절망한다고 절망을 극복할 수 있는 것은 아닙니다. 그냥 현실을 인정해야 합니다. 인정할 때 마음의 불안과 공포를 내려놓을 수가 있습니다. 그때 어려운 시간을 살아갈 지혜의 길도 보이기 시작합니다.

산사로 오십시오.

산사에 와 마음을 내려놓는 시간을 가지십시오. 그러면 그대는 산사가 품고 있는 고요와 평화로움 가득한 길 하나를 발견할 수 있게 됩니다.

그리고 그 길을 따라가십시오. 그 길 위에 서게 되면 아픔이 아픔만이 아니고 절망이 절망만이 아닌 회복기의 새로운 길을 만나게 될 것입니다.

관계는 끝난 후에도 지속됩니다

사람들의 관계는 늘 유동적입니다. 좋다가도 어느 날엔가는 아주 나쁜 관계로 변하는 것이 사람 사이의 관계입니다. 좋았던 관계가 아주 소원하거나 나쁜 관계로 변하는 것을 보면 참 안타까울 때가 있습니다. 왜 그냥 좋은 관계로 남지는 못하는 것일까, 하는 안쓰러운 마음이 듭니다. 하지만 그것은 어쩔 수 없는 일인지도 모르겠습니다.

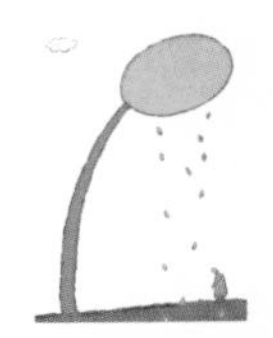

사람은 좋은 관계일 때보다 소원하거나 나쁜 관계일 때 더 관계를 잘 다루어가야만 합니다.

관계가 나빠졌을 때 우리는 대개 상대방을 비난하기에 바쁩니다. 그것은 결국 자신의 미성숙함을 드러내는 것 외에는 아무것도 아닙니다.

상대와 관계가 나빠졌을 때는 침묵해야 합니다. 한때 자신과 좋았던 사람에 대해서 침묵하는 것이 자신의 인격을 돋보이는 길이라는 것을 알아야만 합니다. 그리고 좋았던 시간만 생각하고 감사해야만 합니다.

관계가 끝난 후에도 관계를 잘 관리하는 방법은 침묵과 감사입니다. 관계는 결국 자신이 지어가는 것입니다. 여러분은 어떻게 관계를 관리하며 살아가십니까.

나무는 자신을 비워
그늘 하나 만듭니다

나무 그늘 아래 앉아 익어가는 여름을 봅니다. 나무 그늘 아래서는 에어컨이나 부채가 없어도 그냥 시원합니다.

나무 그늘은 그렇습니다. 오랜 세월을 살아 나무는 그늘 하나 드리우고 길손에게 시원함을 건넵니다.

나는 이렇게 살아 무엇을 건넸는가 생각해 봅니다. 내 곁에 자

리한 그 아름다운 생명들을 향하여 나도 그렇게 나무 그늘처럼 쉼터 하나를 제공하고 싶습니다. 하지만 그것은 그리 쉬운 일이 아닙니다. 곁을 내어 준다는 것은 '나'라는 소유와 관념을 떠나야만 가능할 수 있기 때문입니다.

내 것이거나 '나'라는 생각이 나를 지배하는 한 나무처럼 그렇게 그늘을 드리울 수는 없습니다.

나무는 자라면서 자신을 버리고 나는 자라면서 나를 키워왔습니다.

나무를 버린 나무는 그늘 하나를 드리우는데 나를 키운 나는 그늘 하나도 드리우지 못합니다.

삶은 언제나 그 삶의 행적을 뚜렷하게 보여줍니다. 내 삶의 행적은 실망스럽습니다.

좀 더 나를 비우는 일에 정진해야만 하겠습니다.

제대로 사는 법을 배울 시간입니다

먼 산은 언제나 내게 그리움을 남깁니다. 떠가는 구름은 내게 언제나 자유로우라고 말합니다.

먼 산에 깃들어 구름처럼 산야를 떠다니는 날이 내게는 행복한 날이 될 것 같습니다. 그러나 그렇게 사는 것이 어찌 쉽겠습니까.

혼자 있어도 행복하지 않다면 저 먼 산의 자리에 이를 수 없고

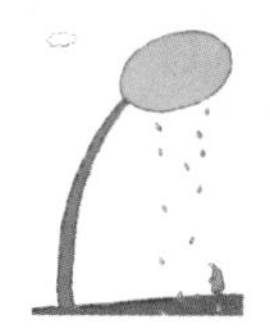

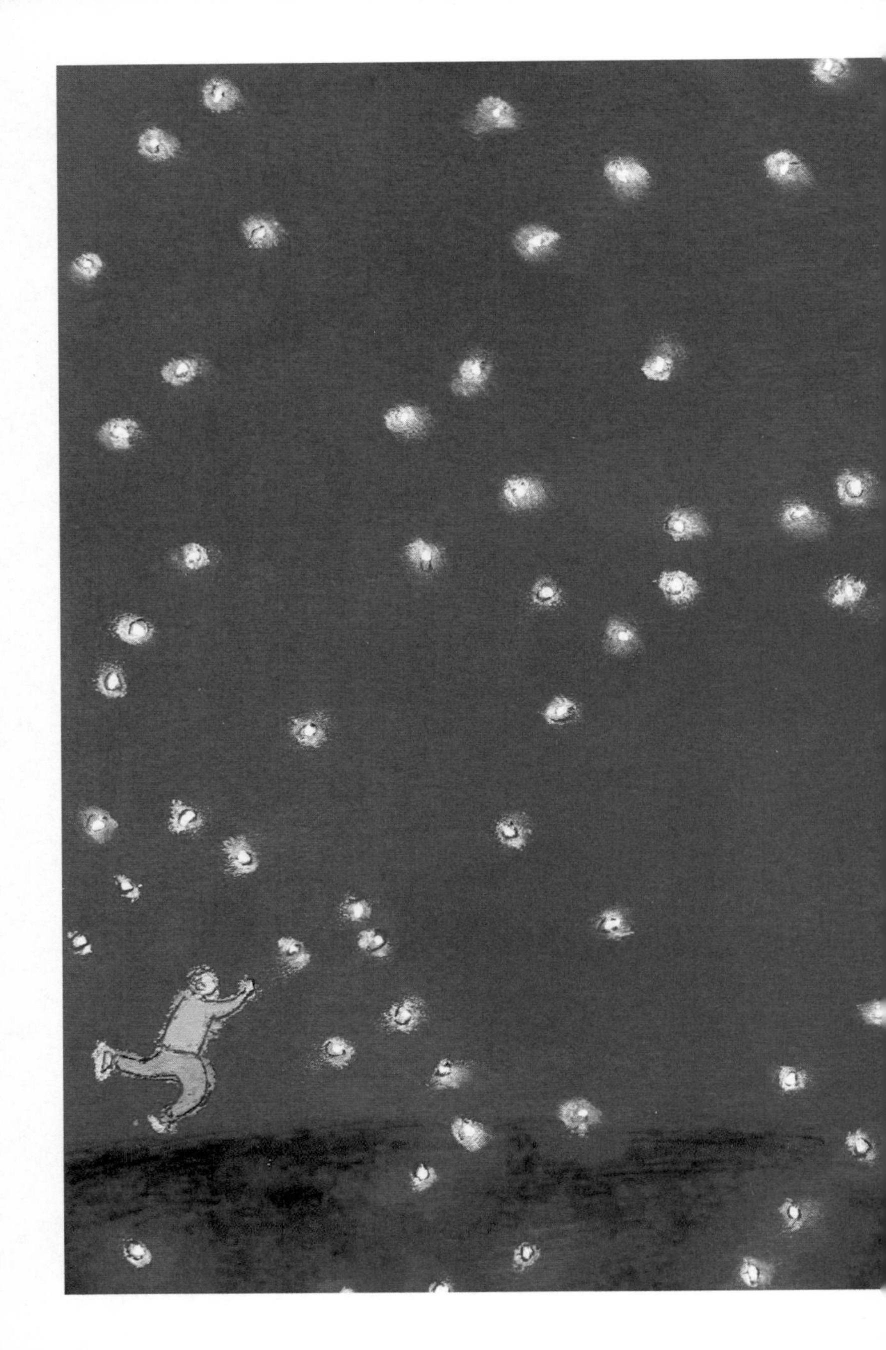

무소유에 기꺼이 마음 담지 못한다면 구름처럼 떠다니며 자유롭다 말하지 못할 겁니다.

사람 만나기를 즐겨하고 무언가 가진 것을 기뻐한다면 먼 산은 그냥 먼 산이고 구름은 그냥 구름일 뿐입니다.

이제 제대로 사는 법을 배울 시간입니다.

내 삶을 지배하는 것들이 관계나 소유가 아닌 새로운 것들을 익혀 나가야만 합니다. 무소유와 맑은 고독을 사랑하며 사는 법을 다시 익혀야 할 시간입니다.

인생 오십은 관계 속에 살았다면 나머지 인생은 홀로 있는 즐거움을 학습하며 사는 시간이 되어야 합니다.

저 먼 산은 홀로 있는 '나'입니다. 떠가는 구름 역시 청빈한 삶의 '나'입니다.

청산과 구름을 만나러 가는 길은 곧 '나'를 만나러 가는 길입니다.

이제 나는 '나'를 만나는 길을 향해 나섭니다.

아름다운 것은 아름다운 길을 지니고 있습니다

해안선을 타고 달리면 바다가 아름다워 보입니다. 산길을 따라 걷다보면 저 숲 속에 깃들고만 싶습니다.

만행을 떠나 떠돌다보면 문득 절이 아름답게 다가와 발길을 옮기고는 합니다.

하늘의 별이 아름다워 산 정상에 올라 별을 따고자 발돋움 하

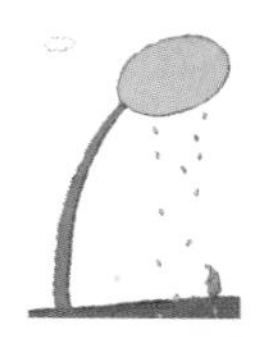

기도 했습니다.

아름다운 것들은 모두 길을 지니고 있습니다. 그 길 역시 아름다움으로 가득 차 있습니다.

그 길을 걷다보면 혼탁한 마음은 사라지고 아름다움으로 꽉 차 오르는 마음을 만나게 됩니다.

그 아름다움을 잃지 않고 살 수 있다면 우리의 삶은 행복할 것입니다.

삶이 행복하기 위해 우리 아름다운 곳을 찾아서 길을 떠나야만 합니다.

일상에 매몰되어 삶이 너무 바쁘다고 소리치지 말고 모든 것을 접고 아름다움을 찾아 길을 나설 수 있을 때 우리 아름다운 존재가 되어 행복한 인생을 구가할 수 있습니다.

지구별에 온 순례자라는 아름다운 이름표를 달고 하나하나 아름답게 존재하는 것들을 찾아 나서야만 합니다.

삶이 아름다워지는 순간을 위하여 오늘 우리 길을 나서기를 기원합니다.

나무가 되고 싶습니다

야생화 단지를 거닐며 바다를 봅니다. 사알짝 수줍게 드러난 바다가 예쁩니다. 눈앞의 자생화도 예쁘고 풍경 너머의 바다도 역시 예쁜 그 자리에 내가 서 있습니다.

나는 지그시 눈을 감고 바람을 느껴봅니다. 바람이 머물다 가는 나는 나무입니다.

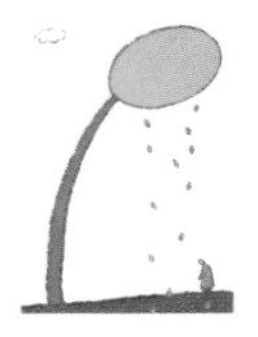

나는 내게서 나무의 냄새와 나무의 올곧음과 나무의 푸르름을 느낍니다. 그 자리에서 나는 향긋하게 미소짓습니다.

바람이 그 푸른 미소를 싣고 다시 푸른 산야를 향해 달려갑니다. 푸른 산야에서 미소는 다시 나무의 푸른 잎새를 더욱더 푸르게 물들여 갑니다.

나는 나무의 향기가 되어 바람과 함께 온 산야를 여행합니다.

내가 나를 잊는다는 것, 정말 행복한 일입니다.

마치 물이 어떤 용기에나 담길 수 있듯이 내가 나를 잊을 때 나는 그 무엇과도 만날 수 있다는 것을 느낍니다.

대상이 되어 만나는 것이 아니라 너와 내가 없는 자리에서 그렇게 만날 수 있다는 것을 실감합니다.

'나'라는 생각이 사라진 자리가 행복이고 즐거움입니다.

오늘도 나는 '나'라는 생각을 즐겁게 지웁니다.

아이들 노랫소리가 꽃비처럼 내립니다

아이들이 산사에서 영어를 배웁니다. 아이들이 큰 소리로 부르는 영어 노래가 마치 꽃비처럼 도량을 덮습니다.

부처님의 음성도 아이들처럼 저렇지 않았을까. 싶은 생각이 듭니다.

아이들의 음성에서 생명의 그 맑은 본연성이 엿보이기 때문입

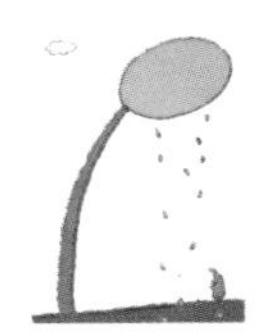

니다.

아이들의 웃음소리 말소리 그것들은 들어도 들어도 그냥 유쾌한 물결로 다가옵니다.

마음에 어떤 헛됨도 마음에 어떠한 번뇌도 담겨있지 않기에 아이들의 음성은 그렇게 다가옵니다. 들여다보면 그 음성의 속이 다 들여다 보일만큼 아주 맑은 음색입니다.

어른들의 음성도 들립니다. 그러나 그 속을 들여다보기가 쉽지 않습니다. 게다가 어둡기까지 합니다. 그래서 어른과 어른이 만나면 모든 것을 문서로 남기는 행위를 합니다. 알 수도 없고 믿을 수도 없기 때문입니다.

아이들이 영어 노래를 합니다. 도량에 꽃비라도 가득 내리는 것만 같습니다.

만일 당신이 행복하다면 아이들의 노래에서 법음을 만날 것입니다.

아이들은 참 맑은 생명의 모습입니다.

바다는 초발심을 일깨워 줍니다

저녁 무렵 암자에 오릅니다. 암자로 가는 길에 대잎의 푸르름이 한창입니다. 지척의 암자라 숨이 턱에 차지도 않고 그저 느릿느릿 걸으면 걷는 재미 또한 있습니다.

암자에 오르면 바다가 수줍은 처녀처럼 보입니다. 바다가 전부 보이는 것이 아니라 살짝만 보입니다.

앵강만의 바다는 전부를 내보이는 것을 부끄러워 합니다.

세상 모든 사람들에게는 아무런 거리낌 없이 자신을 드러내 보일 수 있지만 부처님 사시는 암자를 향해서는 스스로 조신하며 그 모습을 드러내고 있습니다. 그 바다의 처녀성이 이곳 암자에서는 차라리 경건합니다.

앵강만 바다의 처녀성 앞에서 나는 나의 초심을 생각합니다.

나는 얼마나 초심을 간직하고 살고 있는가…….

부처님 앞에서 중생의 무지와 욕망을 그리고 집착과 혼돈을 아무런 거리낌 없이 다 드러내고 살아가고 있는 것은 아닌지 스스로 묻고는 합니다.

산에 살아온 세월만큼 초심이 흐려지는 것만 같습니다. 그 처녀성의 바다 앞에서 나는 끝내 그것이 부끄럽습니다.

강가를 걸으며
기도합니다

6월은 밤꽃의 향기와 함께 찾아옵니다. 강가를 걸으며 밤꽃 향기를 맡으며 내 자신이 좀 더 맑아지기를, 좀 더 순해지기를, 좀 더 경건해지기를 기도하고 싶습니다.

존재의 맑음을 위해 기도하는 순간보다 더 아름답고 성스러운 일은 없습니다. 기도는 향기이고 기도는 내면에 이르는 고요한

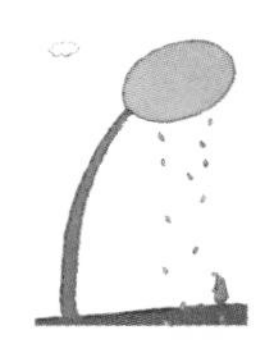

길이기 때문입니다.

새벽에 일어나 기도하며 눈물을 흘린 날들도 있습니다. 눈발이 흩날리는 정월의 어느 날 목이 터지게 관세음보살의 명호를 부르던 날들도 있었습니다.

그날들의 기억이 내게 기도하라고 말합니다.

밝은 자신을 위해 그리고 자기에게 이르는 길을 잊지 않도록 말입니다.

삶은 매 순간순간 기도가 필요합니다.

세상은 너무나 경건함을 잃기 쉬우므로, 세상은 너무 존재의 자리를 쉽게 지우므로, 욕탐에 자신을 잃지 않기 위해서는 언제나 기도 해야만 합니다.

기도는 이 흐린 세상에 연꽃 한 송이를 피우는 일입니다.

밤꽃 향기를 맡으며 나는 강가를 거닐며 기도합니다.

강물처럼 그렇게 흘러 내 본래 마음에 이르기를.

별은 길을 보라고 오늘도 뜹니다

절로 돌아가는 길, 올라가다 멈추어 서서 하늘과 어둠이 내린 바다를 바라보았습니다.

하늘엔 별들이 또렷이 빛나고 바닷가 마을의 집들에서는 불빛들이 단아하게 빛나고 있었습니다.

가끔 지나가는 바람이 별빛과 바닷가 마을의 빛들을 몰고 가 더 깊은 어둠 속으로 사라지기도 했습니다.

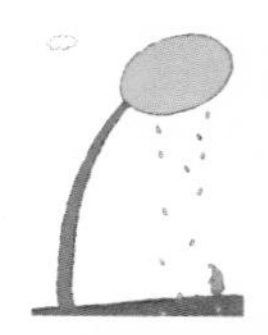

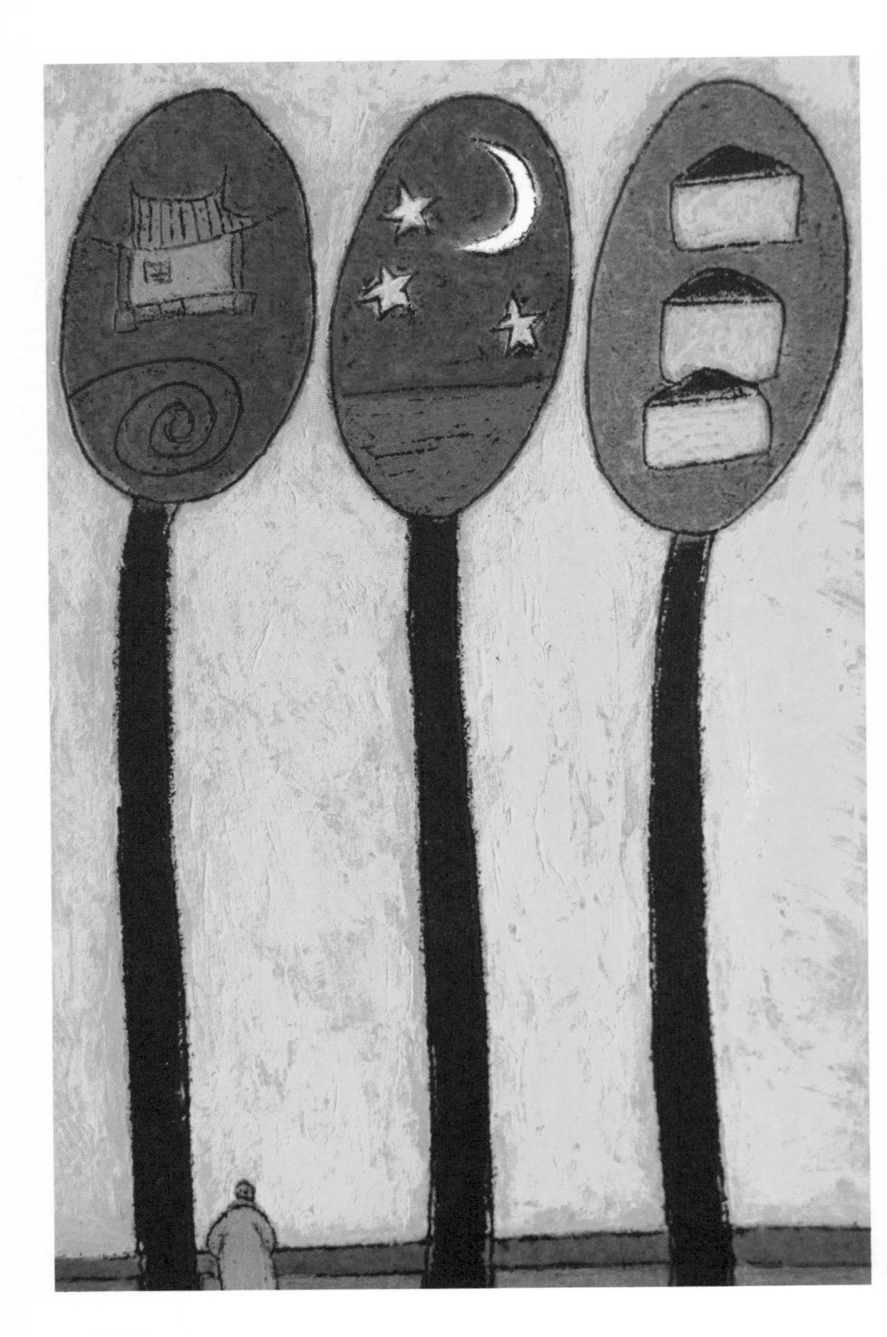

나는 이마에 땀을 훔치며 별의 아름다움과 바닷가 마을의 평화에 마음을 담구었습니다. 삶이 행복한 순간입니다.

삶이 어둡더라도 저 별빛과 불빛의 빛이라면 충분히 길이 보일 것만 같았습니다.

삶에 바라는 모든 것들을 버리고 이 불빛 아래 서 본다면 삶은 그냥 행복으로 가득할 것만 같았습니다.

삶은 어쩌면 작은 것에도 행복해지는 순한 것인지도 모르겠습니다.

별을 바라보고 남루하지만 평화로운 바닷가 마을의 불빛을 바라 보십시오. 그러면 그대 가슴의 갈증과 절망의 기운들 또한 사라져갈 겁니다.

별은 길을 보라고 오늘도 뜹니다.

오늘도 나는 별빛 아래서 아름다운 삶의 길과 만납니다.

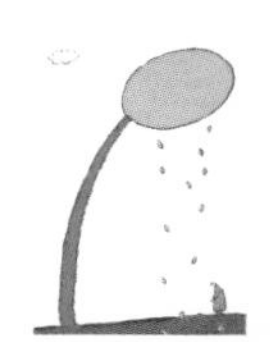

물소리에서 법문을 듣습니다

계곡에 물소리가 들립니다. 그 물소리가 마음을 씻고 갑니다.

알 수 없는 소리이지만 마음이 개운해지는 걸 보면 최상의 법문입니다.

계곡의 물소리는 알 수 없으므로 침묵과도 같습니다.

소리가 있으나 그 소리는 구체적이지 않습니다. 마냥 지나가는 소리로 사라져갈 뿐입니다.

그런데도 그 소리에 나는 그냥 마음이 씻기는 것을 느낍니다. 그 막연한 침묵과도 같은 소리의 행렬들이 내게 고요한 마음자리를 선물합니다.

우리는 언제나 너무 구체적인 가르침을 요구하며 살고 있습니다. 그러나 그 구체적인 가르침은 그냥 지식일 뿐 명상의 자리로 우리를 이끌지는 못합니다. 구체적이지 않고 그냥 소리로만 다가오는 계곡의 물소리에는 명상의 여백과 자리가 있습니다.

그 소리는 나를 키우고 내 마음에 맑은 비움을 남깁니다.

산이 법문을 하고 계곡이 법문을 하는 이유를 계곡의 물소리를 들으며 나는 깨닫습니다.

두두물물이 부처 아님이 없고 세상 모든 소리가 묘음 아님이 없습니다.

참 좋은 나날입니다.

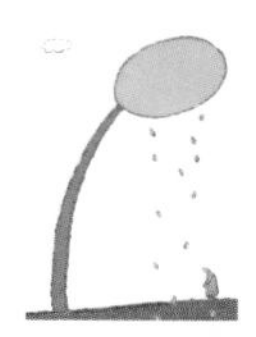

일흔세번째

가장 진실한 말은
그러나 가장 볼품 없는 말이 됩니다

사람들은 누구나 자신에게 건네는 말이 있습니다. 이 말은 그 누구에게 건네는 말보다 진실하기도 합니다. 그러나 이 말은 역설적이게도 잘 지켜지지 않는 말이기도 합니다.

그 말의 대상이 바로 자기 자신이기 때문입니다.

나는 날마다 내 자신에게 말을 합니다. 그러나 번번히 자신에게 한 말을 위배하는 자신을 봅니다.

가장 진실한 말은 이렇게 외면 당하는 순간 가장 볼품 없는 말이 되기도 합니다.

자신에게 한 말을 가장 진실되게 만드는 것도 자기 자신이고 자신에게 한 말을 가장 볼품 없이 만드는 사람도 자기 자신입니다.

내가 내게 건넨 말들의 가치를 스스로 지켜나가지 못할 때 나는 내 자신이 참 원망스럽습니다. 그러나 나는 내 자신에게 건네는 말을 포기하지 않습니다.

가랑비에 옷이 젖 듯 언젠가 내가 건넨 말들을 굳게 지키려는 자신과 만날 수 있으리라는 기대가 있기 때문입니다.

오늘도 나는 내 자신에게 말을 건넵니다. 그리고 내가 내 말을 이행하기를 기도합니다.

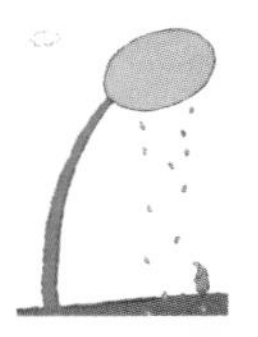

일흔네번째

그대의 손길에
나는

추녀 끝에 바람이 매달려 그네를 타면 풍경소리가 들립니다.

기도하고 픈 마음을 담아 목탁에 얹으면 목탁에서는 똑똑똑 소리가 납니다.

그 소리들을 듣고 있으면 그냥 마음이 편해집니다.

풍경소리 목탁소리는 어디를 향해 그렇게 아름답게 노크를 하고 있는 것일까요.

푸른 하늘을 향해 그리고 내 영혼의 가장 깊은 곳을 향해 노크하고 있다는 생각이 듭니다.

내 영혼의 가장 깊은 곳을 울리기에 그 순간 난 가장 순하고 아름다운 마음의 사람으로 태어난다고 생각합니다.

그대의 아픔을 그대의 비원을 내게 얹으면 나도 그렇게 풍경처럼 목탁처럼 소리내어 그대 영혼의 고갱이를 향해 노크하고만 싶습니다. 그리하여 그대가 그대의 아픔으로부터 벗어나고 그대의 비원이 성취되는 기쁨의 문을 열어드리고만 싶습니다.

동체대비의 비원으로 산다는 일. 그 일이 쉽지는 않지만 언제나 그 마음으로 살아갈 수 있기를 나는 법당 앞에 서서 두 손을 모읍니다.

일흔다섯번째

좀 더 가난하게 살아야 합니다

반딧불 잡아 눈에 달고 뛰놀던 어린시절 시간들을 생각합니다. 어둠 속을 날아 다니는 반딧불을 잡겠다고 즐겁게 뛰어 다니던 시절.

반딧불이 공해로 점점 사라져가듯 그날의 동무들도 점점 내 기억 속에서 잊혀져 갑니다.

엊그제 반딧불 음악회에 가서 어린시절을 다시 한번 떠올려

보았습니다.

조금은 배가 고프고 삶이 힘들었던 시절이기도 했지만 그 시절은 그래서 좋았던 것 같습니다. 함께 모여 늦도록 놀 수 있었고 뛰어놀다 지치면 그냥 코를 골며 잘 수도 있었습니다.

아랫집 윗집이 그냥 너나들이로 드나들며 늦은 밤에도 웃음소리 끊이지 않던 그 시절은 분명 먹을 것이 귀한 시절이었습니다.

지금 먹을 것은 넉넉해졌지만 마음의 소통과 왕래는 더욱더 가난해져 있습니다. 그 단절 속에서 외로움도 모른 채 우리 살아가고 있습니다.

우리가 어떻게 살아가야 하는지 그 답이 보입니다.

우리 좀 더 가난하게 살아야 합니다. 소욕지족하는 마음으로 살아가야 합니다.

그래야 우리 반딧불처럼 어둠을 밝히며 서로에게 행복을 전할 수 있을 겁니다.

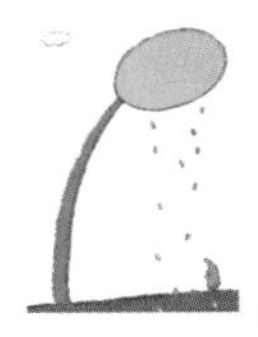

일흔여섯번째

가벼운 것은 흔들리지 않습니다

달 밝은 봄밤 바닷가 바위에 걸터앉아 달빛을 감상합니다. 달빛은 그 어느 것 하나도 바다에 빠지지 않고 물결을 유희합니다.

그 성정이 얼마나 맑던지 흔들리는 물결 위에서도 하나도 흩어지지 않고 곧게 바다 건너까지 빛의 길을 놓습니다.

맑고 가벼운 것들일수록 물결에도 흔들리지 않는다는 사실 하

나를 깨닫습니다.

무겁고 어두운 마음을 가진 나는 새털 같은 세상사에도 흔들립니다. 그냥 무시하면 될터인데 무겁고 어두운 마음에는 그것이 용이하지가 않습니다.

작은 것에도 부딪치고 헤매는 것이 이 무겁고 어두운 마음입니다.

세상을 달빛처럼 살기를 바라보지만 그것 또한 너무 어려운 일입니다. 그것은 마음을 텅 비워야 가능한 일이기 때문입니다.

마음 하나 비우지 못하고 달빛만 부러워하며 살아가고 있습니다.

저 달빛 따라 바다 물결을 건너자면 난 얼마나 가벼워져야 하는지. 그 가벼운 자유를 그리워합니다.

일흔일곱번째

정진과 함께
새 날이 옵니다

밤새 철야정진을 하고 새벽 하늘의 별을 바라보던 때를 기억합니다. 그때 하늘의 별들은 어찌나 밝았던지요.

유난히 밝았던 그 별들을 보며 세상은 노력하는 자에게 마음이 정화된 자에게 새로운 모습을 보여준다고 생각했습니다.

삶이 일상화되고 삶이 그저 그렇게 다가올 때 우리들의 삶이

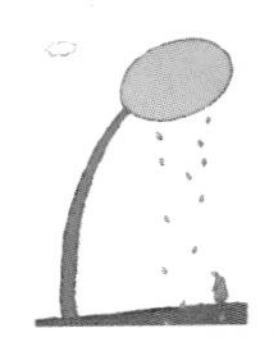

정체되어 있다고 보면 맞을 겁니다.

끊임없이 마음을 맑히고 쉼없이 정진한다면 일상은 그 일상의 단조로움을 벗어나 새로움으로 다가설 것이기 때문입니다.

삶이 무료할 땐 3천배를 하며 밤을 지새워 볼 일입니다.

세상을 새롭게 맞고 싶은 사람이라면 마음을 맑히는 정진과 함께 해야만 합니다.

욕심이 가중되는 노력으로는 새로운 날들과 만날 수가 없습니다.

새로운 날은 우리들의 정진을 타고 옵니다. 그러나 새로운 날은 맑은 마음 위에서만 만날 수 있는 것이기도 합니다.

날이 흐려도 오늘은 마음을 맑힙니다. 그리고 그 마음 위에 꽃잎처럼 피어난 새 날을 보고만 싶습니다.

언제나
긍정적으로 사십시오

어둠이 내리면 그것은 이제 곧 별이 빛난다는 의미입니다.

태풍이 불면 그것은 곧 맑은 평온이 온다는 신호입니다.

빚에 쪼들이고 있다면 그것은 더 열심히 일하라는 촉구입니다.

몸이 아프다면 그것은 곧 마음의 수행을 하라는 전갈입니다.

몸이 늙었다면 그것은 더 좋은 시간을 만나러 간다는 채비입

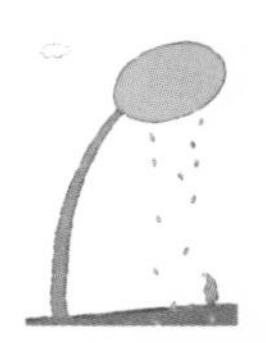

니다.

새벽이 온다면 사랑하는 사람의 눈동자를 바라보라는 우주의 일깨움이라고 생각하십시오.

그리고 누군가 다투었다면 더 깊은 화해를 위한 몸짓이라고 다짐하십시오. 나쁘게 생각하는 것은 늪에 빠져 몸부림 치는 것과 다름이 없습니다.

어떤 상황 속에서도 좋게 생각하고 밝게 생각하는 것이 필요합니다. 그것은 늪에 빠져 밧줄을 잡는 것과 같습니다.

상처까지도 고난을 스스로 치료하고 헤쳐나가는 과정이라고 생각하십시오. 언제나 긍정적으로 생각할 때 삶은 더 큰 힘으로 우리를 받쳐줄 것입니다.

내 안에 있는 이 무한한 힘을 우리 늘 만나며 살아야 겠습니다.

풍경은 가장 낮은 소리로 속삭입니다

풍경이 밤새 울었습니다. 바람이 지나간 자리마다 풍경소리 자국없는 자국을 남깁니다.

자국없이 자국을 남기는 풍경소리를 싣고 바람은 또 어디론가 떠납니다. 그러다 풍경없는 가난한 집의 추녀 끝에서 바람은 풍경으로 달려 풍경소리를 전해 줄 겁니다.

울지 말라고, 외로워 말라고, 힘들더라도 용기 잃지 말라고 바

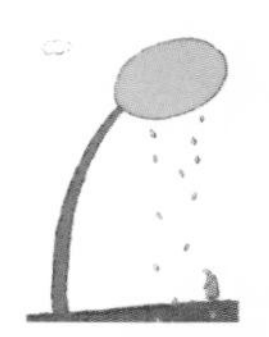

람은 풍경이 되어 그렇게 위로의 맘을 전할 겁니다.

바람이 순해져 그렇게 가난한 집의 추녀 끝에 매달리며 건네는 말들을 가난한 사람들은 잘도 알아 듣습니다. 그래서 가난한 집에서는 이른 아침이면 불이 켜지고 사람들은 다시 웃으면서 일터로 나갑니다.

풍경은 절집 추녀 끝에 걸려 있으나 바람을 타고 어디론가 떠나 사람들에게 희망과 아름다움의 메시지를 전해 줍니다.

속까지 하얗게 비운 그 마음에서 나오는 소리들은 가장 겸손한 소리이고 가장 낮은 소리입니다.

그 소리가 아름다워 사람들은 가슴을 여밉니다.

사람들은 가장 낮은 소리에 텅 비워진 소리에서 희망을 봅니다.

삶이 힘들다고 느껴질 때 추녀 끝에 서서 풍경소리를 들을 일입니다. 그러면 내면 깊은 곳에서 울려 오는 가장 고운 희망의 소리를 만나게 될 것입니다.

동화의 나라가 절집입니다

절에서 국수를 삶아 먹었습니다. 국수가 다 되기를 기다리며 국수를 열심히 삶고 있는 스님들을 바라보았습니다. 빡빡 깎은 머리에 회색의 승복 그리고 달빛과 어우러진 불빛 아래서 왔다갔다하는 스님들의 모습이 마치 동화 속의 한 장면처럼 다가왔습니다.

그 풍경에 눈길이 잡혀 있는 동안 나는 내가 사는 세계가 동화

의 나라라는 것을 깨달았습니다. 그래서 동화 속처럼 아주 천진하고 아름답게 살아야 한다는 생각을 했습니다.

지금 어쩌면 너무 어른스럽게 살고 있는 것은 아닌지 자신의 권위에 대해서도 반성을 했습니다.

스님들이 사는 세계는 그렇습니다. 세간의 삶의 모습과는 다릅니다. 그 공간이 다르고 옷이 다르고 살아가는 방식이 다릅니다. 그래서 그 마음까지도 달라야 합니다.

그러나 외관은 달라도 마음은 다르지 않다는 것을 가끔 느낍니다. 욕심도 번뇌도 모두 다 사라졌어야 하는데 욕심과 번뇌를 여전히 안고 살아가고 있다는 생각이 듭니다.

마음을 바꾸지 못하면 동화같은 이 산사의 삶에서 행복할 수가 없습니다.

저 불빛처럼 순해지고 저 달빛처럼 맑아지고 저 회색의 옷처럼 단아해져야만 이 산사에서의 삶이 행복할 수 있습니다. 그래야 비로소 동화같은 산사에서 살았다고 말할 수 있을 겁니다.

동화 속의 세계는 천진한 사람들의 세계입니다. 지상에 동화처럼 맑은 집 하나 있으니 바로 절집입니다. 그 절집에 제가 삽니다. 마음에 번뇌를 다 지우고 그 속에서 맑게 웃고만 싶습니다.

떠남은
집착을 떠나는 것입니다

구름과 바람은 어디에도 머물지 않습니다. 머물지 않음이 자유라고 말하자 청산이 굵은 음성으로 구름과 바람을 불러 세웁니다. 떠다닌다고 해서 머물지 않는 것은 아니라고 청산이 말을 합니다.

청산은 머물러도 한 번도 머문 적이 없다고 바람과 구름에게 말을 합니다.

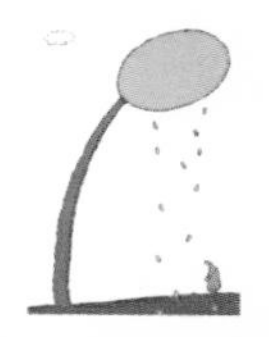

청산에 가득한 나무와 청산의 가슴을 흐르는 계곡과 청산에 곱게 핀 꽃들을 보라며 머물지 않는 증거들을 다 내 보입니다.

머무는 것의 진정한 의미는 마음의 집착이라고 청산은 말합니다. 마음이 자유로우면 그것은 어디에도 머물지 않는 것이고 마음에 집착이 있다면 그것은 어디로도 떠나지 못하는 것이 된다고 말합니다.

가고 오고 머무는 그 모든 것이 '나' 라는 생각에서 시작된다고 청산은 '할' 을 합니다. 머물지 않는다고 자랑하던 바람과 구름도 청산의 '할' 에 말을 잊습니다.

내가 없다면 어디 가고 옴이 있고 머물고 머물지 않음이 있겠습니까.

진정 자유롭고 싶다면 '나' 라는 생각을 떠나야만 합니다.

'나' 라는 생각을 떠난 청산의 가슴에 꽃이 되고, 나무가 자라고 물이 흐릅니다.

변화는 아름다운 삶의 행적입니다

창이 작은 암자에 앉아 밖을 내다 봅니다. 가로 세로 한 자나 됨직한 그 창으로 밖을 내다보기 위해서는 창 가까이 다가가 거의 눕는 자세로 내다 보아야만 합니다.

창 밖을 내다보며 창을 왜 이렇게 작게 냈느냐,는 질문에 도반은 조용히 말합니다.

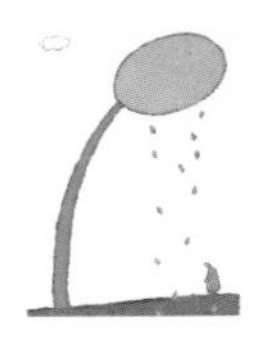

창까지도 닫아 오롯이 마음을 모으고 싶어서라고.

도반의 말을 들으며 나는 그럴 수도 있겠다 싶은 생각을 했습니다. 안을 보고자 하는 사람들에게 밖은 어쩌면 있으나 없는 것일 수도 있습니다. 밖을 보지 않아도 그 마음에 행복이 충만하다면 밖을 보고 안 보고가 무슨 중요한 의미가 있겠습니까.

나의 도반은 해외 여행을 잘 다니지도 않습니다. 외국 여행을 가자고 하면 외국 가지 않아도 괜찮다고 말합니다. 그냥 지금 이 자리에서 행복하기 때문이라고 합니다.

썩 괜찮은 스님입니다.

그는 이제 혼자 있어도 행복한 사람이 된 것입니다. 나와 같이 황톳길을 걷고 접시꽃을 바라보며 낭만에 젖어 있던 과거의 그가 아닙니다. 그는 예쁜 삶에서 아주 깊은 삶의 존재로 바뀌어 가는 중 입니다. 그 아름다운 변화가 한 수행자를 통해 내게 너무도 생생하게 다가왔습니다.

변화, 참 아름다운 삶의 행적입니다.

나도 그렇게 아름다운 삶의 자취 하나 그리고 싶은 아침입니다.

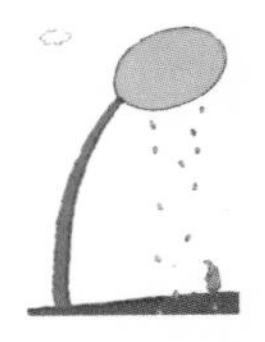

산중에는
보배가 가득합니다

창틀로 들어온 풍경을 바라봅니다. 멋진 한 폭의 그림입니다. 한 폭의 그림을 보며 나는 읊조립니다.

내게 하나의 그림이 있으니 새가 내려와 앉기도 하고, 바람도 와 머물다 가네. 아침이면 해와 함께 나타나고 밤이면 달과 함께 사라지네. 그리려 해도 차마 그릴 수 없고, 가지려 해도 차마

가질 수가 없네. 오늘도 내 그림 속에는 새가 내려와 맑은 목소리로 노래하네.

세상에서 가장 멋진 그림 하나를 가지고 있다는 것만으로도 나는 충분히 행복한 사람입니다.

사시장철 색을 칠하지 않아도 스스로 변화하고 깊은 밤 방범을 서지 않아도 그 그림은 도난의 염려가 없습니다.

우리가 지닌 모든 것들은 늘 도난과 분실의 염려 속에 있습니다. 값비싼 보석은 우리들에게 편안함을 남기기 보다는 불안함을 남깁니다.

그러나 내가 가진 그림 한 점을 눈 어두운 사람은 보석으로 보지도 못하는 것입니다. 다만 눈 밝은 사람만이 보석으로 알고 무욕한 마음으로 감상할 뿐입니다.

오늘도 난 보석을 찾아 또 하나의 창을 냅니다. 이번에는 창틀 없는 마음의 창을 냅니다.

그 창으로 또 햇살이 언제나 쏟아져 들어오는 것이 보입니다.

산중의 즐거움을 온 마음으로 전하고 싶은 아침입니다.

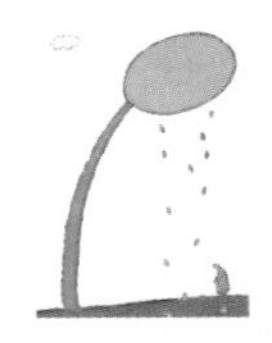

여든네번째

기도는 그대에게 다가서는 일입니다

오늘 새벽 나는 기도했습니다.

내 삶이 좀 더 맑아지고 내 삶이 누군가에게 위안이 되기를.

나의 기도는 내 삶에 내리는 비나 햇살과 같습니다.

내 삶은 비같이 내리는 내 기도 속에서 성장하고 햇살같이 다가오는 나의 기도 속에서 맑아집니다.

기도 속에서 내 삶은 자신이 가진 이기와 욕망을 하나하나 버립니다. 그리고 기도 속에서 멀리 있는 그대가 내게 얼마나 가까운 사람인가를 깨닫게 됩니다.

나의 기도는 그대에게 다가서는 길입니다. 기도를 통해서 나는 비로소 자비를 만나게 되고 그 자비심으로 나는 그대를 다시 '나'라고 부릅니다.

기도 안에서 우리 모두는 하나입니다. 기도는 가장 큰 마음의 진실한 음성이기 때문입니다. 그 마음 안에서는 모두가 하나가 되어 존재합니다. 너도 없고 나도 없습니다. 형상은 없고 오직 무한한 평화만이 있을 뿐입니다.

기도는 무한한 평화입니다. 일체의 번뇌가 사라진 열반입니다.

오늘 나는 기도합니다. 그 무한한 기도가 영원한 나의 노래이기를 기도하고 또 기도합니다.

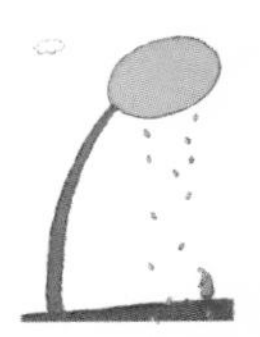

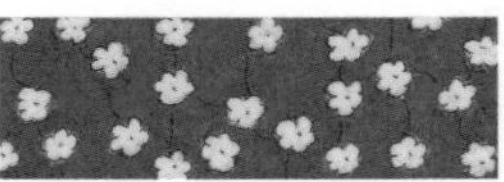

새벽 물 한 모금 마시고
향기를 그립니다

새벽 예불을 마치면 샘에 내려가 물 한 모금 마십니다. 깊은 산을 흘러 내려온 물 속에는 산의 오랜 향기와 이야기들이 아주 맑게 녹아 있습니다.

두 손으로 그 물을 받아 마시며 나는 산의 향기와 이야기들을 듣습니다. 산의 향기와 이야기들은 내 목젖을 타고 넘어 들어가 내 심장을 적시고 영혼을 적십니다.

물을 한 모금 마시고 나면 내 영혼에도 산의 향기가 납니다. 나는 가만히 두 눈을 감고 그윽한 산의 향기를 음미합니다.

그것은 아낌없이 주는 것의 향기이며 모든 것을 비워낸 텅 빈 마음의 향기입니다.

말은 삼가고 아낌없이 나누며 살겠다고 스스로에게 다짐을 합니다.

새벽에 마시는 물 한 모금이 내게는 죽비이고 또한 스승입니다.

물 한 모금 마실 때마다 안으로 힘없이 맑아지는 나를 봅니다.

산사의 물처럼 나도 흐르고 흘러 그 누군가의 영혼을 적시고 향기를 남기는 그런 사람이고만 싶습니다.

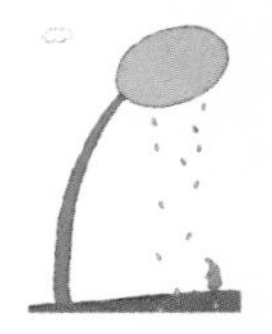

여든여섯번째

꿈같은 세상이 우리 사는 세상입니다

꿈을 꾸다 꿈을 깨면 현실을 만나지만 현실도 돌아보면 그냥 꿈인 것만 같다는 것을 알게 됩니다. 꿈도 꿈이고 현실도 역시 꿈인 세상을 우리는 살고 있습니다.

이런 세상을 살면서도 괴로움에 분노에 또 욕망에 잠을 설치는 것은 꿈인 세상의 소식을 모르기 때문입니다.

모든 것은 지나간다는 것만으로도 이 세상은 꿈일 수밖에는 없습니다.

괴로움의 진행이 너무 길기에 꿈이 아니라고 말한다고 해도 그 괴로움의 진행 역시 끝이 있으므로 그것 역시 꿈일 수밖에 없습니다.

우리가 그토록 소중하게 여기는 것도 사실은 꿈에 불과하고 우리가 지닌 모든 것들도 모두 하룻밤의 꿈에 지나지 않습니다.

눈을 감고 또 다른 세상으로 여행을 떠나게 될 때 그 모든 것들은 무용지물이 되기 때문입니다.

가난하지만 마음에 잔잔한 행복을 지니고 사는 사람. 열심히 살지만 그 무엇에도 집착하지 않는 사람. 이런 사람들이 꿈같은 세상을 정말 잘 살아가는 사람들입니다.

꿈같은 세상…….

그 세상을 욕심을 버리고 물처럼 바람처럼 흘러가야 한다는 것을 오늘 아침 나는 봅니다.

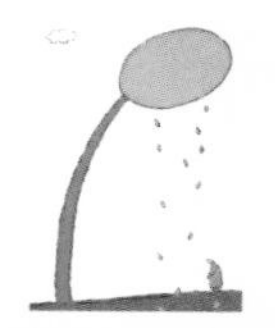

인연의 의미를 깨달아야 됩니다

은사스님의 사진을 봅니다. 그 모습이 살아 생전의 모습과 다르지 않습니다. 사진을 보면서 어떻게 은사와 상좌로 만날 수 있었을까. 하는 생각을 해봅니다. 지중한 인연이 없었다면 어찌 그런 관계가 가능이나 했겠습니까. 그 지중한 인연의 의미는 스승을 통해서 의혹을 깨치라는 의미였을 겁니다. 그러나 수승한 스승을 만나고도 나는 그 인연의 의미를 실천하지 못하고 있습니다.

스님은 몸으로 행동으로 내게 많은 것을 보여주셨지만 그 많은 가르침들은 그저 내 마음속에만 있을 뿐입니다. 언제나 한번 그 가르침대로 살 수 있을지 알 수가 없습니다.

좋은 스승을 만나고도 그 가르침을 훈습하지 못하면 그것은 실로 큰 어리석음입니다. 정진에 철저하고 상대에 온화하고 누구에게나 하심하던 그 모습. 그 모습 중 어느 한 가지도 제 모습에는 없습니다.

책갈피 속에서 우연히 발견한 스님의 몇 장의 사진. 그 우연한 만남도 왠지 필연이라는 생각이 듭니다.

공부하라고. 그 말씀을 하시려고 스님은 책갈피 사이에 고요히 계셨다는 생각이 듭니다.

우리가 세상에 온 인연도 역시 그런 것 아닌가요.

인연의 의미를 참답게 깨달으며 살아가는 것, 그것이 진정한 삶의 의미일 겁니다.

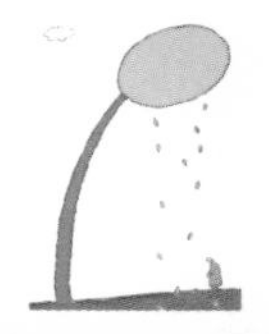

새벽이면
기도합니다

새벽에 부처님께 기도합니다.

마음에 어떠한 바람도 없이 오로지 부처님의 명호 하나만을 부르며 기도합니다. 부처님의 명호를 한 번 부를 때마다 내 마음에 집착과 어리석음이 하나씩 닦여 나가는 것을 느낍니다.

부처님의 명호를 수없이 부르다 보면 내 마음은 온통 텅 빌 것만 같습니다.

부처님의 명호는 번뇌를 지우는 지우개와도 같습니다.

마음에 슬픔이 있는 사람, 마음에 미움이 있는 사람, 마음에 분노가 있는 사람은 부처님의 명호를 부르며 기도해야 합니다.

그러면 부처님의 명호는 마치 지우개처럼 그대 마음에 자리한 슬픔과 미움과 분노를 지워버릴 것입니다.

텅빈 마음이 건네는 그 맑은 즐거움은 부처님의 명호를 부르며 기쁨을 만나본 사람만이 알 수가 있습니다.

마음에 생각이 사라진 그 맑은 즐거움. 그 즐거움이 있어 자유자재한 삶의 노래가 가능해집니다.

맑은 즐거움으로 인생을 살고 싶다면 부처님의 이름을 부르며 기도해야만 합니다.

나는
꿈을 꿉니다

나는 가끔 꿈을 꿉니다. 그러나 세상의 모든 꿈이 현실과 괴리가 있듯 내 꿈 역시 나의 삶과는 많이 다르다는 것을 부정할 수는 없습니다.

내가 꾸는 꿈은 이렇습니다.

일체의 부와 명예를 떠나 남루하고 초라한 자리에서 행복을 꽃 피우는 겁니다.

그 어디에서도 고요한 평화를 지켜가는 삶이 내가 꿈꾸는 내 생애의 꿈이기도 합니다.

가끔 어느 넓은 초원을 가진 나라에 가서 남루한 절 하나 짓고 푸른 초지를 하루 내 걷는 꿈을 꾸기도 합니다.

또 어린 동생에게 빵을 사주기 위해 열심히 말의 젖을 짜는 착한 형이 사는 나라에 가 그 아이들의 눈빛을 지켜보는 것이 나의 꿈이기도 합니다.

가난하지만 어진 눈빛이 있는 곳에서 나도 그렇게 가난한 내 삶의 자리를 풀고만 싶습니다.

너무 많이 가지고 산다는 생각이 듭니다. 많은 것을 지니고도 평화롭지 않다면 지니고 있는 것을 내려놓아야만 합니다. 하지만 그 무엇 하나도 버리지 못하고 있습니다.

숲을 잘 느끼기 위해 인디언들이 주린 배로 숲을 향해 들어가듯이 우리 삶을 보다 잘 살기 위해서는 자신에게 있는 무언가를 자꾸 내려놓아야만 합니다.

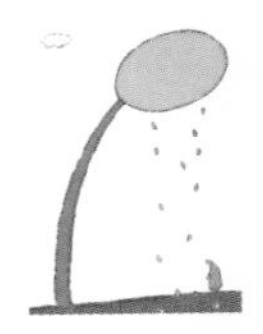

오랜 친근함이
우리 사이에는 있습니다

등불 아래서 가만히 자기소개를 합니다. 각각 살아온 삶이 다르고 사는 곳이 다른 사람들이 용문사 봉서루에 모여 자기를 말합니다. 그 소개하는 모습들이 때론 씩씩하고 때론 친근하게 다가옵니다.

아주 긴 우주의 시간 속에서 지금 이 시간 우리가 어떻게 만날 수 있었는지 그리고 이 넓은 세상에서 어떻게 우리가 이 용문사라는 절에서 만날 수 있었는지 참 신기하기만 합니다.

인연이 없었다면 우리가 이렇게 만나는 것이 가능할 수 있었을까요.

달라이 라마 스님은 말씀하셨습니다. 처음 만나고 있는 우리지만 우리는 이미 전생에 수없이 만난 사람들이라고. 그래서 처음 만나는 사람을 낯설어하기 보다는 친근하게 생각한다고. 지금의 만남은 수없이 많은 전생의 인연을 떠올립니다.

템플스테이에 와 자기를 소개하는 낱낱의 사람들을 보며 나는 그 낱낱의 사람들과 전생의 인연을 생각해 봅니다. 전생에 저이는 어떤 모습이었고 나는 어떤 모습이었을까. 그런 상상 속에서 나는 점점 사람들과 가까워져 갑니다.

템플스테이는 현재에 머물러 먼 전생을 여행하며 그 오랜 친근함을 발견하는 시간인지도 모르겠습니다.

관계의 오래된 미래가 산사에는 있습니다. 산사 참 아름다운 공간입니다.

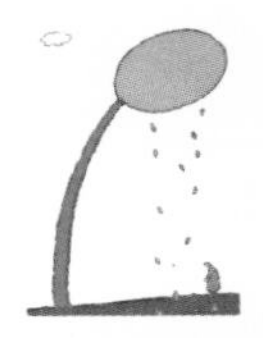

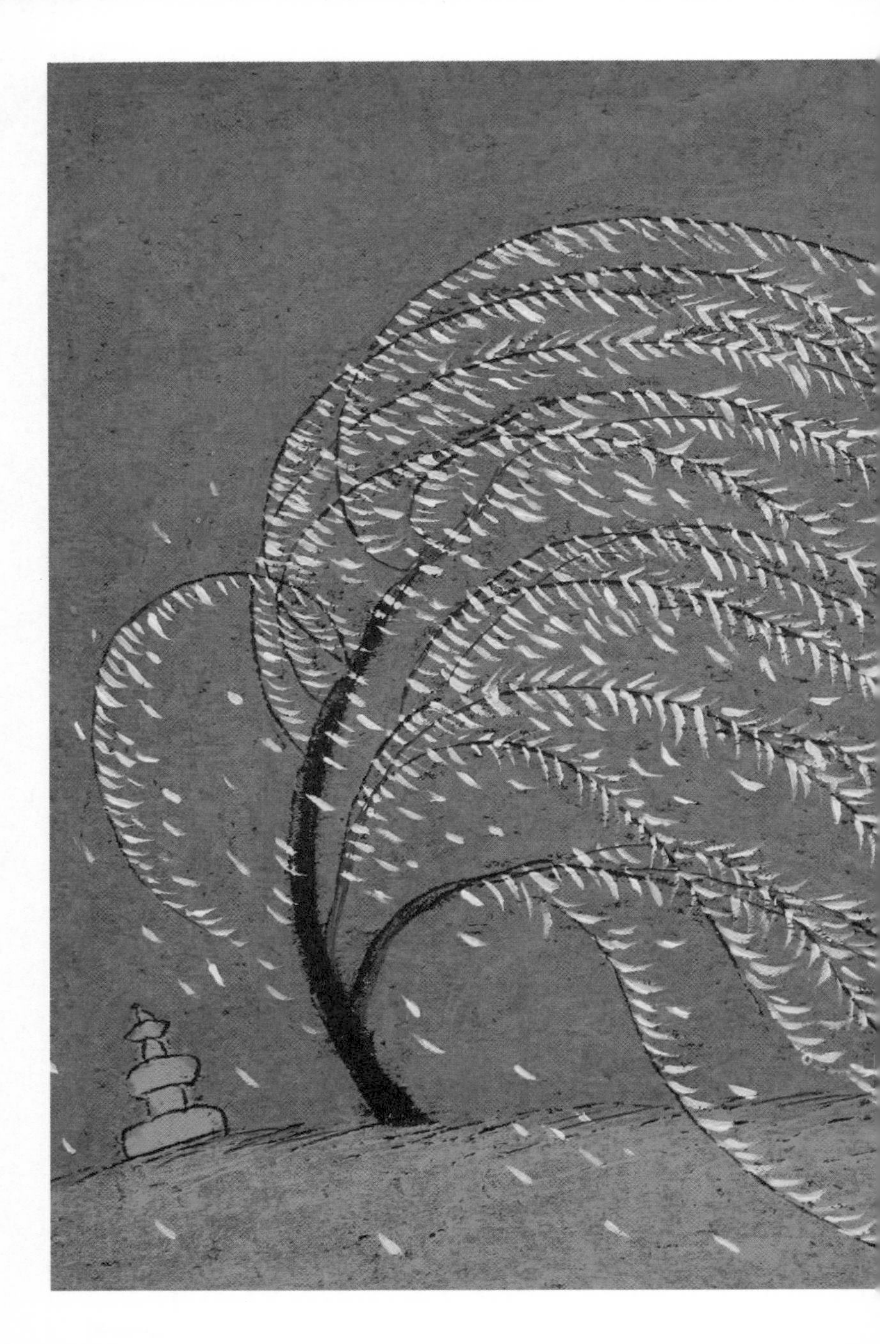

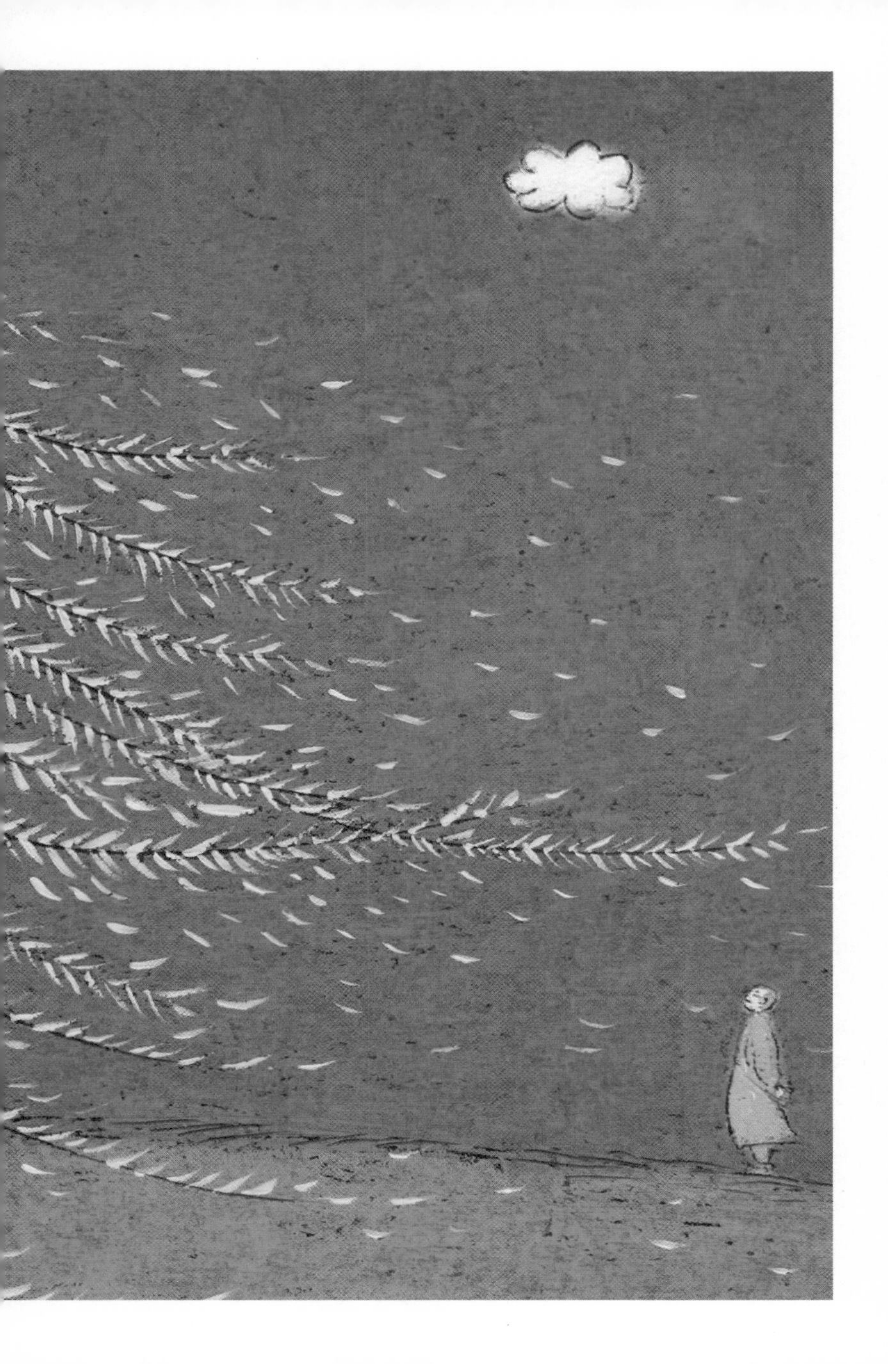

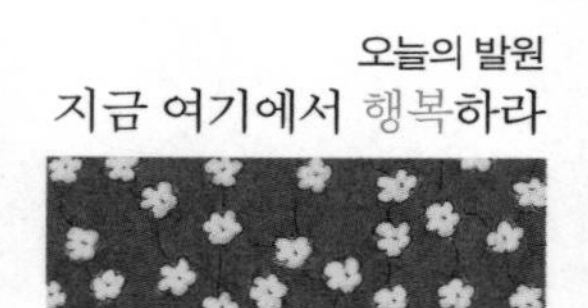

그냥 내가
분노했을 뿐입니다

마음을 열고 바라보면 세상은 미풍이 되어 다가오고지만 마음을 닫고 바라보면 세상은 돌이 되어 날아옵니다.

미풍은 만날수록 상쾌하지만 돌은 하나만 맞아도 그 아픔을 감당하기 힘듭니다.

세상을 살아가는 유형은 이 두 가지가 대표적이라는 생각이 듭니다. 나도 세상을 살아오면서 돌을 피하느라 애써야 했고 가끔 돌을 맞고 피를 흘린 적도 있었습니다. 그 아픔에 주저앉아 가만히 생각해보면 그 모든 것이 내 마음 때문이라는 것을 알게 됩니다. 그냥 내가 미워하고 좋아하고 수용하고 거부했던 것입니다.

내 마음에 세상은 때로 미풍으로 때로 돌이 되어 날아와 나를 때렸던 것입니다.

이제는 미풍으로 다가오는 세상을 맞이하고 싶습니다. 스스로 마음이 낮아지고 넓어지면 세상은 언제나 미풍이 되어 내게 다가올 겁니다.

세상은 그냥 있을 뿐입니다. 그런 세상을 그냥 내가 내 멋대로 해석했을 뿐입니다. 누군가에게 분노했다면 그것은 그냥 내 마음이 분노했을 뿐이라는 것을 아는 것에서부터 행복은 시작됩니다.

함께 하면
행복합니다

함께 하면 행복합니다. 가장 따뜻한 마음으로 모여 가장 기쁜 미소로 함께 한다면 우린 언제나 행복할 수 있습니다.

미안해요. 그리고 감사해요. 이 한 마디의 말만 웃으며 할 수 있다면 우리들의 인생은 언제나 행복한 미소입니다.

그러나 우린 너무 어렵게 그 말을 차마 못하고 있습니다. 일단 그 말을 하면 삶에는 무지개가 떠오르는데 괜한 자만심에 아니면 상대에 대한 미움에 그 말을 선뜻 하려고 하질 않습니다.

삶은 자신을 낮추고 상대를 높이는 시간의 과정입니다. 자신을 낮추다 보면 자신은 어느새 넓어져 바다가 되고 남을 높이다 보면 자신은 어느새 높아져 하늘이 됩니다. 그대에게 감사하는 그 마음에 무슨 걸림이 있겠습니까.

새가 날아도 흔적을 남기지 않는 허공처럼 폭풍이 지나쳐도 아무런 요동 없는 깊은 바다처럼 우리 그렇게 살입니다.

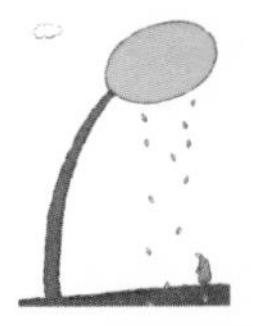

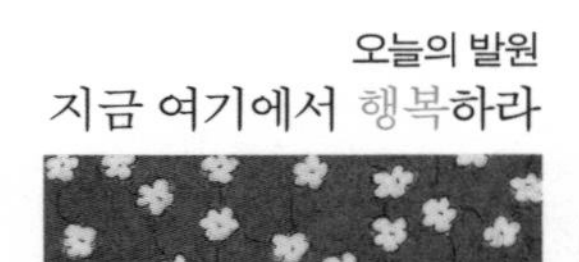

늙음은 마음의 힘을 얻는 일입니다

할아버지 한 분이 횡단보도를 건너갑니다. 다리를 절며 느리게 느리게.

파란불이 하나씩 소등되고 마지막 하나가 소등되는 순간에도 할아버지는 여전히 횡단보도를 건너는 중입니다.

차들도 할아버지가 길을 건너도록 느리게 기다리고 있습니다.

할아버지의 처진 걸음 속에 인생의 무게가 보입니다. 한 생애

끌고온 인생의 무게가 얼마이길래 할아버지 저렇게 힘겹게 횡단보도를 건너시나 싶습니다.

내게도 인생은 저렇게 남겨질 것이라 생각하니 서럽기도 합니다. 하지만 늙음은 잃은 것이기도 하지만 얻는 것이기도 합니다. 기력을 잃는 반면에 마음의 힘을 얻게 됩니다.

너그러워지고 넓어지고 모든 것을 긍정하는 놀라운 마음의 힘이 늙음에는 있습니다. 걱정도 사라지고 공포도 사라지고 초초함 역시 사라져 갑니다.

할아버지 늦게 걸어도 초초함이 없습니다. 설마 내가 늦게 건너도 기다려 주겠지, 하는 사람에 대한 믿음을 지니고 있기 때문입니다.

늙음…….

그것은 서러운 진행이 아니라 따뜻한 진행인지도 모릅니다.

따뜻하게 늙어 가는 일, 그 일을 즐겁게 해야 겠습니다.

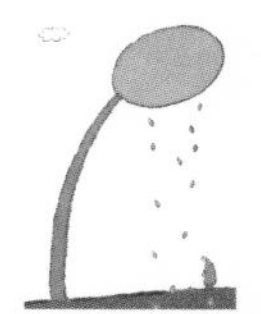

나무에 기대어
시간을 만납니다

저 산 너머 구름이 떠갑니다. 수양버들 부드럽게 고개 숙인 그 아래 계곡을 따라 물이 흘러갑니다. 그리고 간간히 바람이 붑니다.

길을 걷다가 나무 그늘에 앉아 땀을 닦습니다. 나무 줄기에 기대어 오래전 시간을 생각해 봅니다.

선풍기도 에어컨도 없었던 시절, 부채 바람만으로도 더위를

견딜 수 있었던 그 시절의 시간들 속을 들여다 봅니다. 삶이 어찌 그리 수수하고 소박해 보이는지요.

백 년은 더 살았을 나무의 속에는 그 시절의 풍경들이 그렇게 고스란히 담겨 있습니다.

먼 훗날 그 누군가 다시 이 나무 아래에 와 나와 같이 나무의 속을 들여다 본다면 지금의 내 모습을 발견하게 될는지도 모릅니다.

나무 그늘 아래서 사라지는 것은 없어지는 것이 아니라 다만 숨는 것이라는 생각을 해봅니다.

자신이 가장 좋아하는 오래된 것을 찾아가 자신의 모습을 감추고 또다시 사는 것이 사라짐의 의미라는 생각을 해봅니다.

내 사라짐은 절 뒷산의 가장 오래된 나무로 찾아가 내 모습을 숨기는 일이 되었으면 좋겠습니다.

세상 모든 것 속에는 어쩌면 오래된 풍경이 숨어 있는지도 모릅니다.

세상 모든 것을 사랑으로 바라보는 법, 그 하나를 간직하고 살았으면 좋겠습니다.

인과는
피할 수가 없습니다

천둥 울고 번개가 치는 밤, 나는 무서웠습니다. 내 안에 그 무언가가 천둥소리에 놀라고 번개의 불빛에 두려워 하는 것만 같았습니다.

감추고 싶은 것이 있었는지 아니면 내보이고 싶지 않은 죄가 있었는지 나는 내 자신을 살펴보았습니다.

출가는 했지만 날마다 출가하는 날을 살아온 것도 아니었습니

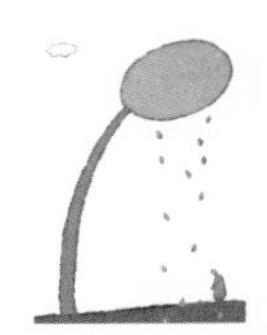

다. 승복을 입었지만 그 승복에 걸맞는 마음을 지니고 살지도 못했습니다. 그것이 천둥과 번개 아래서 내 마음을 그토록 두렵게 했던 것입니다.

세상은 모두가 인과로 이루어져 있습니다. 인과를 떠나서 존재하는 것은 아무것도 없습니다. 사람을 속일 수는 있어도 인과를 속일 수는 없습니다.

노스님들은 언제나 말씀하셨습니다. 중은 인과를 믿어야 중이라고.

그 말씀이 천둥 울고 번개 치는 날에는 너무나 선명하게 다가옵니다.

그밤, 천둥과 번개는 내 흩어져 있는 삶을 다스리는 노스님의 호통이었습니다. 그 호통을 들으며 나는 참회했습니다. 지금 보다는 더 잘 살겠다고.

마음을 열면 가르침은 어디에나 있습니다.

세상 모든 소리를 가르침으로 알고 산다면 삶은 겸손해집니다.

그밤 나는 천둥과 번개를 향하여 지극한 합장을 했습니다.

과정을 사랑하며 살아갑니다

구비진 산중 촌로의 부부가 경운기를 타고 밭 갈러 나갑니다. 농사를 지어봐야 품삯도 건질 수 없지만 그래도 친숙한 흙의 기다림을 외면할 수 없어서 오늘도 이른 아침 탈탈거리며 구비진 산길을 오릅니다.

오래 함께 해온 흙을 닮은 흙빛 피부에 그윽한 웃음 머금고 그냥 할 일이 있다는 즐거움 하나로 밭으로 밭으로 향해 갑니다.

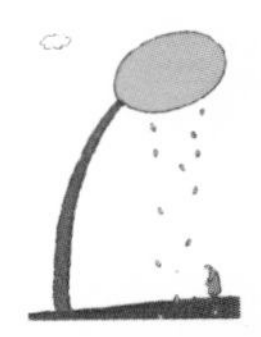

늙은 촌로에게 흙은 생산의 대상이 아닙니다. 그들에게 논밭은 삶이고 자신일 뿐입니다.

돈이 되고 안 되고는 오늘의 일은 아닙니다. 그들에게 오늘의 일은 일할 곳이 있고 일할 수 있다는 사실 하나 뿐입니다.

돈이 되면 좋지만 돈이 되지 않아도 그들은 농사를 짓습니다. 그것이 그들의 삶이기 때문입니다.

농부가 일하듯 수행자도 수행을 합니다. 도야 이루든 못 이루든 오늘 수행해야 하기 때문에 수행을 합니다.

농부와 수행자는 닮은 점이 있습니다. 그 과정을 사랑하며 살 뿐이라는 것입니다.

그래서 그들은 무척이나 아름답습니다.

깊은 산중
도반을 찾아 갑니다

도반을 찾아 갑니다. 강원도로 갑니다. 오대산 깊은 산중에 자리한 암자로 가서 도반을 만날 겁니다.

흐르는 계곡에 발을 담그고 밤이면 별을 바라보며 별처럼 빛나는 삶을 향한 발원도 세워보겠습니다.

그 맑은 공기 속에서 내 영혼까지 맑아지는 청량한 날들을 만

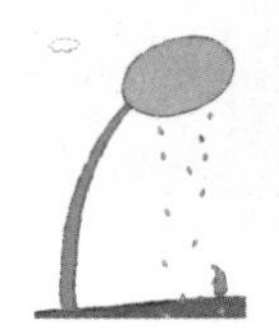

나겠습니다.

아무 생각 없이 어떠한 행위도 없이 오직 자연처럼 서서 자연과 벗하며 자연을 닮은 그 마음의 푸름을 보고만 싶습니다.

사는 것이 지난한 시간의 연속일지라도 삶이 무수히 많은 꿈의 전시장일지라도 나는 시간의 버거움도 꿈의 현란한 유혹에도 마음 상하거나 눈길 돌리지 않고 그냥 나무처럼 물처럼 살아가고 싶습니다.

도반을 찾아 가고 산중의 암자를 찾아 가는 일은 내 삶을 맑게 가꾸는 일이고 또 하나의 꿈을 지켜가는 일이기도 합니다.

흔들어도 흔들리지 않고 어두워도 넘어지지 않으며 그냥 그렇게 살아가기 위해 오늘 나는 깊은 산중 도반을 찾아 길을 떠납니다.

인내가
노래가 됩니다

달빛이 물결을 따라 밀려왔다 밀려갑니다. 그 모습이 마치 달빛이 그네를 타는 것만 같습니다.

법당 추녀 끝 풍경이 바람을 타고 이리 흔들 저리 흔들립니다.

그때마다 풍경은 고운 소리를 냅니다. 바람이 흔들어도 고운 음으로 답하는 풍경의 그 속이 궁금합니다.

새벽 산사에 범종이 웁니다. 범종은 한 번 칠 때마다 깊고도 넓은 음을 냅니다. 그 음은 한없이 부드럽습니다.

세상엔 이런 것들이 있습니다. 가해에 대해서 부드럽고 큰 마음으로 대하는 것들이 있습니다.

가해에 대해서 성냄이나 투쟁이 아니라 수용과 인내로 대하며 아름답게 노래하는 것들이 있습니다.

수용과 인내가 노래가 될 때 그것은 바로 사랑이 됩니다. 모든 것을 아름답게 승화시킬 수 있는 그 마음이 바로 사랑입니다.

내가 가만히 나를 두드려 봅니다. 나는 범종처럼 풍경처럼 그렇게 아름다운 소리를 내고 있는가.

아름다운 소리와 빛나는 흔들림을 위해 정진해야 겠습니다.

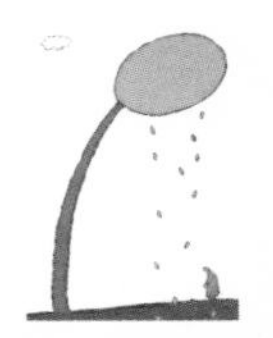

인생의 시간은 언제나 행운입니다

밤새 비가 내렸습니다. 가만히 눈을 감고 빗방울을 세었습니다. 세다보니 박자가 느껴졌습니다.

한참을 세고 또 세다보니 마치 내가 어떤 음률 위에 떠 있는 것만 같았습니다. 몸은 그대로 인데도 내 몸이 빗방울 음악에 맞춰 움직이는 것만 같은 느낌이었습니다.

비는 내리고 몸은 빗소리에 춤추고 밤은 온통 가벼운 즐거움이었습니다. 잠이 안 온다고 걱정하지도 않았습니다.

아직 내일은 오지 않았기에 나는 지금 깨어 빗소리에 즐겁게 젖을 뿐이었습니다.

걱정은 내일을 생각하는 사람들의 몫입니다. 내일을 생각하지 않는다면 지금 이 자리에서 우리는 행복할 수 있습니다.

만일 빗소리를 들으며 내일을 걱정하고 불면을 염려했다면 나는 빗소리에 즐겁게 젖는 행운을 만나지는 못 했을 겁니다.

인생의 시간은 그 언제나 행운입니다. 우리가 지금 이 시간에 충실하다면 시간은 우리에게 많은 것을 선물할 겁니다.

그러나 이 시간을 살되 이 시간을 비켜서 살아가고 있다면 시간은 행운의 보따리를 싸 어디론가 떠나버릴 것입니다.

지금을 사는 사람들에게 시간은 언제나 행운이라고 나는 내게 주문을 겁니다.

행운인 지금 이 시간을 위해 언제나 충실하게 살고자 합니다.

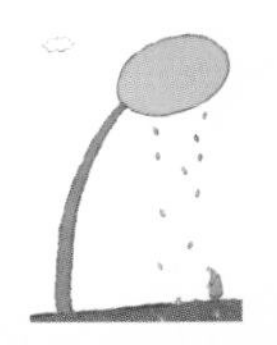

산에 깃들어
내게 묻습니다

산은 온통 운무의 바다입니다.
산에 머물고 있지만 구름 속에 머물고 있는 것만 같습니다.

구름 속에 머물러 세상을 보고자 하나 세상은 보이지가 않습니다.

신선은 세상을 보지 않음으로 세상을 잊고 보살은 세상을 바라보나 세상을 잊는 사람입니다.

보지 않고 잊기야 쉽지만 보면서도 잊는다는 것은 그리 쉬운 일은 아닙니다.

신선은 세상을 방관하고 보살은 세상을 빛나게 닦는 존재입니다.

나는 구름 속에 머물며 내게 물어 보았습니다. 나는 신선인가 아니면 보살인가.

신선은 쉽게 될 수 있을 것만 같지만 보살이 되기는 실로 어려울 것만 같습니다. 어쩌면 난 지금 신선의 삶을 살아가고 있는 지도 모르겠습니다.

세상을 보지 않고 있기에 세상의 고통으로부터 자유로운지도 모릅니다.

바람이 불어와 운해를 잠시 거둡니다. 그 사이로 푸른 산이 보입니다.

나는 신선인가 보살인가 아니면 그냥 중생일 뿐인가.

산은 말이 없고 운해는 메아리도 없이 내 물음을 자꾸만 덮습니다.

청산은 푸르고
구름은 떠갑니다

걸망 하나로 살아가는 수좌가 있습니다. 걸망 하나밖에 없기에 그는 자유롭습니다.

걸망 하나면 모든 것이 해결 되기에 그의 떠남에는 주저와 망설임이 없습니다. 그래서 그는 어디서나 당당합니다. 아닌 것을 아닌 것이라 말하지 않고 스스로 떠남으로 아닌 것을 아닌 것이라고 그는 말합니다.

말없이 말함으로 그는 다투거나 논쟁하지 않습니다. 그의 자유로운 삶의 자세는 그를 일체의 시비로부터 떠나있게 합니다.

절이 싫으면 중이 떠난다는 말처럼 그는 그렇게 시비를 떠나 있습니다.

시비에 속해 있으나 시비를 떠나 있는 사람이 그입니다.

무소유는 이런 당당함이고 또한 넓음이고 자유입니다.

무엇을 가지고 있다면 잃을 것을 염려해야 하지만 무엇을 가지지 않음으로 그는 그 잃음으로부터 자유롭습니다.

하늘에 흰구름이 떠나갑니다.

청산이 푸르고 구름은 떠가는 자리, 그 자리의 소식을 나는 그에게서 듣습니다.

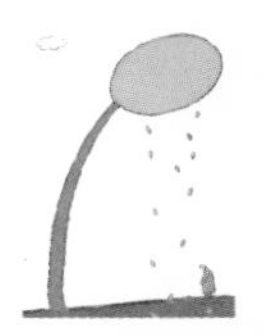

물처럼 흐르고 싶습니다

계곡의 물소리가 고요 속에 아름다운 선율 하나 남기고 흘러갑니다. 그 선율은 부드럽고 깊고 또한 투명합니다. 그 선율 속에 들어서면 번뇌도 망상도 모두 사라질 것만 같습니다.

물이 되어 흐를 수 있다면 물이 되어 흐르다 어느 농가의 불빛 아래서 잠시 쉬어갈 수 있다면 그러다 다시 흘러 넘치지 않는

저 바다에 이를 수 있다면 좋겠습니다.

착하고 착하게 그 모든 것을 다 내어주고 텅 빈 마음으로 흐르는 물처럼 나도 그렇게 흐르고만 싶습니다.

삶은 언제나 지난한 시간이고 그 지난함을 평화롭게 이겨가기를 나는 기도합니다.

내가 있음으로 아프고 내가 있음으로 그대가 있고 그 거리가 다시 상처가 되는 세상에서 물처럼 흐르기란 정말 어려운 일입니다.

물처럼 흘러 분별의 골을 지나 일미평등한 저 피안에 이르고 싶습니다.

부딪혀도 깨어지지 않고 어두워도 길 잃지 않는 물처럼 그렇게 흐르고만 싶습니다.

내 안을 채우고 있는 탐욕을 모두 쏟아내고 물처럼 순하게 흘러 맑은 선율로 세상을 향해 노래하고 싶은 날입니다.

스님이 뭐하는
사람이냐고 묻는다면

수곽에 흐르는 물을 두 손으로 받아 한 모금 마시고 하늘 한 번 봅니다.

밤새 산을 흘러 산사의 수곽에 이른 첫물을 마시고 아직 누구도 보지 못한 새벽별을 보며 나는 행복해 합니다.

누군가 스님이 뭐하는 사람이냐고 묻는다면 새벽에 가장 먼저 일어나 산에서 내려온 첫물을 마시고 가장 먼저 별을 보는 사람

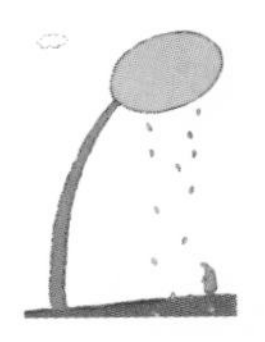

이라고 말하고 싶습니다.

그리고 그 맑음으로 세상의 아침을 열어가는 사람들이 스님이라고 말하고 싶습니다.

별 같은 세상을 기원하며 세상 사람들의 첫물 같은 마음을 기원하며 세상을 위해 기도하는 사람들이 바로 출가 수행자라고 산은 내게 일러줍니다.

산은 말 없는 말로 내 가슴에 깊은 가르침 하나를 건넵니다.

산은 말 없는 큰 스승이 되어 내게 다가와 새벽 같은 수행자가 되라고 말합니다.

새벽 첫물을 마시고 하늘 한 번 봅니다.

하늘에 별이 빛납니다. 스스로 빛나는 것은 결코 어둠에 길을 잃지 않는다고 별은 말합니다.

스스로 빛나는 존재의 아름다움을 찾아 가는 수행자의 길, 그 수행자의 눈에 세상이 온통 아름답게 다가옵니다.

슬픔과 고통은
모두 스승입니다

비가 내립니다. 여름날 초목들이 시원하다고 노래합니다. 무던히도 더운 날 내리는 빗줄기는 상쾌함을 남깁니다.

산에 살아 마음을 비우지 못하면 나무의 노래를 들을 수 없고 길을 걸으며 마음을 비우지 못하면 길의 긴 이야기를 들을 수가 없습니다.

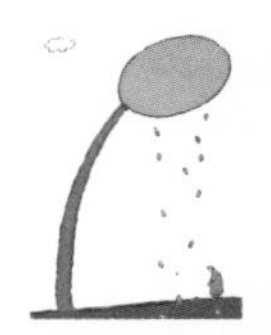

살다보면 시련도 오고 아픔도 오고 예기치 않은 순간에 슬픔을 만나기도 합니다.

그러나 그것 역시 우리들의 인생이고 또한 우리들의 성장을 위한 계기일 뿐입니다.

슬픔을 슬픔으로만 받아들이면 슬픔에 좌절하게 되고 미움을 미움으로만 받아들이면, 타인에 대한 원망을 그칠 수가 없습니다.

모든 것을 자신의 문제로 해석하고 자기 안에서 해소하는 길을 찾아 나가는 일이 지혜롭게 사는 일입니다.

모든 문제를 자기화 할 때 문제는 문제가 아니라 내 인생의 스승이 됩니다.

끝나지 않을 슬픔도 고통도 모두 끝이 있고 지나가게 되어 있습니다.

슬픔도 고통도 모두 스승으로 받들고 살아갈 수 있을 때 우리 비에 젖어도 빛나는 모습으로 노래하는 풀잎의 노래를 부를 수가 있을 겁니다.

백다섯번째

그대의 마음에
산사가 자리하고 있습니까

산사는 웅장한 산을 배경으로 맑은 계곡과 아름다운 숲을 거느리고 있습니다. 밤이면 산사의 하늘에는 별이 반짝이며 돋습니다.

그 안에 서면 누구나 번뇌를 잊고 자신도 모르게 감탄하게 됩니다. 이렇게 좋은 곳이 우리 사는 세상에 있다는 것을 산사에 들어 쉬어 본 사람은 알 수가 있습니다.

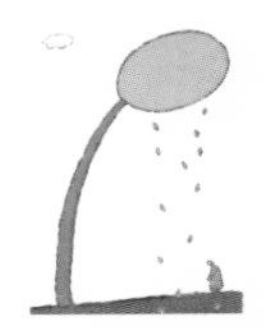

산사는 발길만 쉬는 것이 아니라 마음까지도 쉬는 곳이기에 그토록 평안하게 다가옵니다.

마음속에 산사 하나를 지니고 있는 사람은 행복합니다.

문득 길을 잃었다고 느낄 때 삶이 너무 무거워 주저앉아 울고만 싶을 때 어디론가 무작정 멀리 떠나고만 싶을 때 마음속의 산사는 피안으로 혹은 아름다운 목적지로 문득 떠올라 우리들의 발걸음을 인도할 겁니다.

그 길을 따라 산사에 이르면 우리는 숲처럼 혹은 물이나 별처럼 그렇게 다시 맑게 태어날 수가 있습니다.

그대의 마음에 산사가 자리하고 있습니까. 그러면 당신은 행복한 사람입니다.

산사를 마음에 품는 일, 그 일보다 아름다운 일은 없습니다.

백여섯번째

젊은 마음으로 살아야 합니다

떠날 때 돌아올 것을 생각하지 말고 떠나야 합니다. 한 달을 떠나든 두 달을 떠나든 아니면 일 년을 떠나든 수행자는 떠나는 그 순간 돌아올 것을 생각하지 말아야 합니다.

떠남이 전부가 될 때 우리는 떠남과 온전히 하나가 될 수 있습니다. 떠남과 떠나는 사람이 하나가 되지 않을 때 만행은 그 본

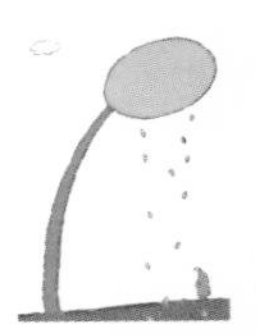

래의 의미를 잃고야 맙니다.

수행자는 이렇게 살아야 합니다. 무엇을 하든 그것이 그의 생애의 전부가 되어야 합니다.

만행을 떠나면 만행이 참선을 하면 참선의 시간들이 그의 생애의 전부가 될 때 그 모든 것들은 아름다운 의미로 돌아올 수 있습니다. 그래서 수행자는 언제나 젊은 마음이어야 합니다. 모험과 결연함과 무집착의 그 번쩍임을 지니고 있어야 합니다.

이것이 젊은 마음입니다.

마음이 늙어 안주를 꿈꾸고 작은 이익과 안락에 머물고자 한다면 그것은 이미 수행자의 마음이 아닙니다.

젊은 마음으로 살아야 합니다. 무엇을 하든 그 순간에 생의 전부를 던져야 합니다. 그 순간 백척간두에서 진일보는 이루어 집니다.

수행자는 떠날 때 돌아올 것을 염두에 두지 않습니다.

떠남이 온전한 사람, 그런 수행자로 거듭 태어나고만 싶습니다.

꿈을
간직하십시오

사람이 살아가는 것은 생존이 아니라 꿈의 실현이라는 생각이 듭니다. 꿈을 실현하기 위해 나는 살아간다 말할 때 우리 인생은 얼마나 멋진 것이 될까요.

꿈을 실현하기 위해 살아가는 인생은 생존을 위해 살아가는 인생보다 로맨틱하고 웅대하고 아름다운 것만 같습니다. 하지만 우리는 마흔이 넘어가면 꿈보다는 생존을 위해 살아가고 있

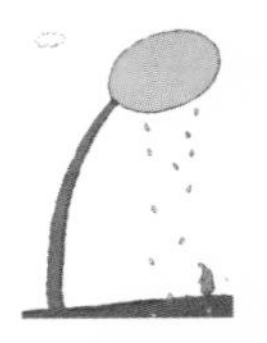

다는 생각이 듭니다. 그래서 삶이 생생하지 못하고 주눅들어 있고 낭만이 사라진 그런 인생을 살아가게 됩니다. 그런 삶과 마주 하는 순간, 삶은 참 팍팍한 길이 되고야 맙니다.

걸어도 걸어도 언제나 지치고야 마는 사막과 같은 길, 그 길은 꿈이 사라진 길입니다. 꿈은 사막과 같은 길에 오아시스고 어두운 하늘의 별과도 같습니다.

삶에 꿈을 간직하는 것. 그것은 곧 사랑을 잃지 않는 일입니다. 사랑을 잃지 않으면 우린 언제나 삶의 꿈과 만날 수 있습니다.

백여덟번째

꽃을 느끼듯
사람을 느끼고 싶습니다

절에 찾아온 거사님과 이야기 도중 내게 고향이 어디냐고 묻습니다. 잠시 머뭇거리다 해인사라고 대답했습니다. 그리고 나서는 거사님도 웃었고 나도 웃었습니다. 사실 그렇습니다. 해인사는 스님들의 고향이라고 일컬어집니다. 해인사를 거치지 않는 스님이 별로 없기 때문입니다. 되짚어 보면 해인사에서 꽤 오래 살았습니다.

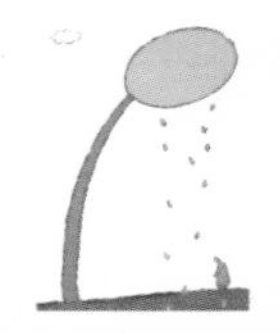

출가 초년의 생활을 해인사에서 보냈고 그 이후는 『해인지』라는 월간지 편집장이 되어 해인사에 적을 두고 있었으니 그 시간이 짧다고 말할 수는 없습니다. 그래서 해인사가 내게는 고향과도 같은 절입니다.

사람들을 만나면 고향을 묻고 성을 묻고는 합니다. 그러나 나는 그런 것은 묻지 않습니다. 그런 것을 묻게 되면 그 사람보다는 그런 조건들을 보게 되기 때문입니다. 그냥 사람을 보고 싶습니다. 웃는 모습이라든지 마음 씀이라든지 그런 것들을 보며 그 사람을 느끼고 싶을 뿐입니다. 마치 꽃을 느끼듯이 말입니다.

사람은 조건이 아닙니다. 사람은 그의 행위와 마음 씀 속에 있습니다.

그 속을 보는 눈, 그런 눈이 정말 아름다운 것이겠지요.

그림 이영철
계명대학교 대학원 회화과를 졸업했으며, 서양화를 전공했다. 개인전을 14차례 열었으며 국내외 단체전을 150여 차례 가졌다. 여러 출판사들의 표지 본문 삽화를 그렸으며 탁월한 상상력과 풍부한 색감의 그림으로 독자들과 자주 만나고 있다.
grim-si@hanmail.net

지금 여기에서 행복하라

5쇄 발행일 | 2009년 4월 30일

지은이 | 성전
펴낸이 | 정화숙
펴낸곳 | 개미

출판등록 | 제1999－3호 1992. 6. 11
주소 | (121－736) 서울시 마포구 마포동 136－1 한신빌딩 1412호
전화 | (02)704－2546, 704－2235
팩스 | (02)714－2365
E-mail | lily12140@hanmail.net

값 15,000원

ISBN 978－89－87038－90－2 03810